KB115994

문학과지성 시인선 **464**

철과 오크

송승언 시집

문학과지성사

문학과지성 시인선 464

철과 오크

초판 1쇄 발행 2015년 2월 27일
초판 9쇄 발행 2023년 7월 13일

지 은 이 송승언
펴 낸 이 이광호
펴 낸 곳 ㈜문학과지성사

등록번호 제1993-000098호
주   소 04034 서울 마포구 잔다리로7길 18(서교동 377-20)
전   화 02)338-7224
팩   스 02)323-4180(편집) 02)338-7221(영업)
전자우편 moonji@moonji.com
홈페이지 www.moonji.com

ISBN 978-89-320-2720-3 03810

지은이는 2012년 서울문화재단 예술창작지원사업 기금을 수혜했습니다.

이 도서의 국립중앙도서관 출판예정도서목록(CIP)은 서지정보유통지원시스템 홈페이지
(http://seoji.nl.go.kr)와 국가자료공동목록시스템(http://www.nl.go.kr/kolisnet)에서
이용하실 수 있습니다. (CIP제어번호: CIP2015004626)

문학과지성 시인선 464

철과 오크

송승언

2015

철과 오크

차례

1부

녹음된 천사

드디어 꿈이 사라지려는 순간, 너는 창밖에서 잠든 나를 보고 있지
암초 위에서 심해를 굽어살피는 너의 낯빛에 놀라자 꿈은 다시 선명해진다

들로 강으로 흩어지던 내가 되살아나고 있었다

내가 이곳을 설계했다 믿었는데 아니었던 거지
블라인드 틈으로 드는 빛이 어둠을 망친다 생각했는데 눈은 여전히 감겨 있고, 몸은 벽 너머에서 들려오는 너의 노래에 묶여 있었다
입안에 고인 물이 다른 물질이 되려는 순간

눈 속으로 하해와 같은 빛이 밀려들었다

커브

창이 없으면 그림도 없지 그림이 없으면 나도 없다 문 앞에 지워진 발자국 쏟아지는

너는 창밖으로 몸을 내밀고 입을 벌린다 그것은 내게 없는 표정
어쩜 저렇게 환할까 치아 사이로 펼쳐진 복도를 따라서 하나 둘 둘 하나

복도는 어둠이고, 복도 끝은 하얀 방으로 이어진다 거기에 네가 있다는 생각 창과 복도는 없고 따라서 울리는 둘 하나 하나 둘

복도를 공유하는 많은 방들, 거기에 네가 있다는 생각 손잡이를 돌리면 잠겨 있고 손잡이를 돌리지 않으면 슬그머니 개방되는 문
벽 한가득 걸려 있는 얼굴들이 새하얗게

복도 끝으로 휘어진 그늘을 보았다

창을 열어 몸을 내밀었다

입은 벌어지고
투명한 입에 들어차는 여름 둘 하나 하나 하나

물의 감정

　나는 물을 좋아하고 너는 물을 좋아하지 않는다
우리는 갈증으로 대립한다

　물은 너의 감정이다 너의 기분에 따라 그날의 컵
이 바뀌고 물의 온도가 달라진다
　태도는 미온적이다 너는 웅크리고 있거나 드러누
워 있다 나갔다 돌아오면 방은 침수되어 있다 너는
금붕어 두어 마리를 기르고 있다 그것들은 서로 먹
고, 교배하고, 낳고, 먹기를 반복한다

　창은 굳게 닫혀 있다
　이대로는 익사할 거라고 말한다 너는 듣지 않는
다 벽지는 자주 바뀐다 붉었다가 푸르렀다가, 꽃잎
무늬였다가 방울 무늬가 된다 나갔다 돌아오면 방
은 침수되어 있다

　벽지는 젖어 있다 너처럼 물고기들은 벽의 감정
을 배운다 바라보거나 바라보지 않거나 물고기는

식탁 유리를 좋아하고 창의 유리를 좋아하지 않는다 나는 유리를 좋아하지 않는다 나는 살아 있는 아무것도 기르지 않는다 그것들은 서로 먹고, 교배하고, 낳고, 먹는다 우리는 생활로 대립한다

나는 출근하고 너는 출근하지 않는다 나는 말하고 너는 말하지 않는다 나는 사랑하고 너는 사랑하지 않는다 너는 젖고 나는 젖지 않는다
이대로는 익사할 거라고 말한다
너는 듣지 않는다 창은 굳게 닫혀 있다 빛은 닫힌 창으로 들어온다 너는 물을 마시고 물을 준다 나는 물을 마시지 않고 물과 빛이 섞이는 양상을 바라본다

붉은 컵에 담은 물은 붉은 물이 되고 푸른 컵에 담은 물은 푸른 물이 된다 물고기들은 빛나는 물의 양상을 배운다

담장을 넘지 못하고

그러나, 매 순간 나를 관통하는 빛

창이 열리면 의자에 앉았다 빛 닿은 자리마다 얼룩이었다
담장 너머 이웃집은 근사한 요새 같았다

이웃집의 창은 커튼에 가려 보이지 않는다 이웃집의 내부는 환할까 알 수 없었다 내 방은 빛에 갇혀 깜깜하다

어제는 교회 가는 날 그것도 모르고 방에 있었지
오늘 교회에 가면 내일 좋은 곳으로 간다고 했다
좋은 곳은 이웃집보다 근사할까 알 수 없었고

좋은 곳에 가본 적이 없었다 좋은 곳을 상상하지 못했다
빛의 문제가 나를 옭아매고 있었다

이웃집의 커튼이 공중으로 간다
의자에 앉으면 창이 열리고

열린 창으로 보이는 건 열린 창 너머의 열린 창
열린 창으로 보이는 이웃집의 이웃집
이웃집의 이웃집 앞에 일어선 담장이 이웃집 안
으로 그늘을 구부린다

풍향계가 끊임없이 돌아가고

취재원

나간다 비상구의 빛으로 악령처럼
따라오는 너라 생각하지만
착각이었지 돌아보면 너는 언제나 밝은 낮이었다

건물의 문제다 건물이 어두울 뿐
점점 내부로 감겨드는 계단을 오르며 건물의 내
부는 얼마나 깊은가 생각했지만
착각이었지 너는 공중을 걷고 있거나 다리가 없
었다 가끔은 갈 곳 잃은 꿈의 번복이라 느낀다
그러나 아랑곳 않고 따라오는 너

등이 젖었다 너는 왜 말없이 따라오기만 하니, 물
음이 계단을 따라 내려가고 흔들리는 등을 돌리면

텅 빈 곳을 너는 돌아보고 있다
누군가 웃고 있다
밝아지는 네가 공중에 겹쳐지는 발소리를 들으며
나갔다 비상구로 나가는 너의 등에서, 빛

법 앞에서

그가 문을 열고 나오자, 환자들의 긴 행렬이 보였
다 죽을 때까지
돌봐도 다 돌보지 못할 만큼 많았다

때로 아픔은 신비로웠다 머리에 붕대를 감은 사
람들이 많았다 환자들은
높은 언덕을 넘어 그의 병원으로 오고 있었다

아침이면 널린 신비를 걷어야겠다는 생각도 했고
붕대를 풀자 벌어진 살점 속으로
빛이 섞여 들었다

흔적이 남을 겁니다 누가 파헤친 것처럼
어지러운 화단에 꽃이 없었고

미처 예약을 못 한 환자들이 화단에 삼삼오오 모
여들며 그늘을 만들고 있었다

디오라마

그는 라인을 떠나고 너는 라인에 합류한다 컨베이어 벨트를 따라서 가시. 이파리. 꽃가지. 붉은 꽃잎들.

그는 이제 없다, 말하며 너는 라인에 합류한다 마스크를 쓰고 손을 움직인다 농담 없이 표정 없이
　공장에 울리는 무조음처럼

재료가 도착하면 너는 꽃잎을 조립한다 재료가 도착하면
　손끝에 가시가 박힌다
　네가 피를 흘린다 쓰러진다

그는 이제 없다, 말하며 너는 라인에 합류한다 무조음 울리는 공장처럼 너는 꽃잎을 조립한다
　지문을 지워가며

네가 피를 흘린다 비명은 마스크에 가려진다

그는 이제 없다, 말하며 너는 고개를 돌린다

그는 이제 입 없이 웃으며 꽃다발 속으로
들어간다
너의 자리에 공백이 생긴다 덜 만든 꽃이 도착한다

너는 라인 앞에서 정지한다.

셰이프시프터

전생을 생각했다 아직 발생하지 않은 일들이 과
거로 유폐되고 있었다

최초의 마을을 상상하기란 어려운 일 골목을 따
라 길어지는 시간을 바라보며 나는 어두워졌다

담장이 알 수 없는 풍향을 제시했기에 계절의 문
턱에 걸려 내가 넘어졌다 꽃이 피면 꽃이 되고 나비
가 앉으면 나비가 되라는 주문이 있어 바깥을 상상
할 수 없었다

나의 방은 나를 가둘 만큼 넓지 못해서 너의 방을
떠돌았다 네가 원한다면 몸을 흔들며 커튼이 되고
테이블과 의자가 되고 네 손에 들린 피 묻은 나이프
가 되는 일 그것이 문제되는가 내가 있기 전부터 여
기 있던 사물들인데 네 손이 내게 닿으면 네 손이
되어 네 의자를 만지고 그 자리에 누가 앉을지 논하
는 일

너는 테이블에서 나이프를 진전시킨다 나를 삼키

고 네가 되려는, 내가 무슨 소리를 하고 있나 너는
발생하지도 않았는데

심부름

흙을 판다. 명령이 있었으니까. 삽을 들고 몸을 숨길 수 있는 깊이만큼, 판다. 그보다 더 판다. 지나 치게 깊숙이 파고 있다. 어둠이 들지 못할 만큼 깊숙이 파야겠다. 판다.

또 판다. 그만 파라는 명령이 들린다. 그래서 더 판다. 물 흐르는 소리 또렷할수록 우리는 명령에 근접하는가. 아니다, 살 썩는 냄새가 난다. 명령은 들리지 않는다. 삽 소리 들리지 않는다. 멈춘다. 멈추지 않는 소리가 들린다. 숨을 파내려는 듯 깊어지는 나로부터 굴이

환희가 금지됨

빈터에서 꽃들이 자란다 빈터를 밀어내며 빈터에
서 꽃들은 자란다 지워지는 빈터에서

꽃 같은 것들이 자라고 있다 꽃이 아닌 것들이 빈
터에서 자라고 있다 꽃이 아닐 꽃들이 웃고 있다 꽃
은 아닌 얼굴들이 빈터에서

웃고 있다 얼굴은 절대 아닌 것들이 빈터에 들어
차 있다 빈터에서 그것들이 자라고 있다 그것들이
함께 웃는다 함께 깔깔거린다 함께 이글거린다 함
께 일그러진다 빈터에서

무너진다

무너진 것들의 그림자가 유령처럼 일어서려 한다
꽃의 잔상이 되려 한다 그러나 모두 일어서지는 못
하고 모두 사라지지도 못하는 빈터에서

잔해를 헤치고 새로운 꽃이 자라고 있다 늘어진
줄기를 곧추세우려 한다 꽃은 아직 제 이름도 혈통
도 모른다 그러나 결코 웃지는 못하고 있다

모든 것을 볼 수 있었다

오랜만에 공원에 갔어 다듬어진 길을 따라 걸으며 자주 보던 금잔화를 보려고 했지 그런데 그곳에 금잔화는 없었다

노란 게 예뻤는데 벌써 철이 지난 거구나 생각했지 그런데 철없는 사철나무도 마가목도 청자색 수국도 없었다

주인이 죽어 주인 없는 개도 없었고 아무도 없는 정자도 없었지 공원을 뒤덮는 안개도 없었다 모든 것이 흐린 공원이었는데 모든 것이 너무나 뚜렷이 잘 보인다

아무것도 없는 명징한 공원이었다
배후에서 갈라지는 길이 보이지 않은

종소리

돌 위에 앉아 돌을 던지면 흔들리는 수면 아래로
감감 가라앉는 돌이 있었고, 속 모를 깊이로부터 솟
아오르는 불가사리도 있었다 그건 시체였고, 한번
떠오른 시체는 수면을 흔들며 떠오르다 가라앉다
자맥질만 되풀이했다 감감 가라앉는 돌 위로 숙연
히 일그러지는 얼굴도 있었고, 얼굴 뒤로 불처럼 번
지는 그늘도 있었다 맑은 물을 마시고 싶었다

증기의 방

물을 길으라 하시니 물을 길었습니다 불을 밝히
라 하시니 전에 없이 밝았습니다 아무도 없는 방에
서 그랬습니다

항아리가 있었습니다 깨진 항아리에서 물이 흐르
기를

그치지 않았습니다 물을 길으라 하시니 파문이
일었습니다 고개를 들라 하시니 파문의 중심에서
얼굴 하나 피어올랐습니다

전에 없이 밝았습니다 내 얼굴인지 물었더니 아
니라고 하셨습니다 당신의 얼굴인지 물었더니 사라
진 자매의 얼굴이라 하시고 사라진

자매가 항아리 안에 있었구나 수심에 잠긴 얼굴
로 그랬습니다 흐린 눈빛이 우리와 다르지 않았습
니다

그 얼굴에 단검을 박고 싶었습니다
지울 수 없는 불의 표정처럼

항아리에서 물이 흘렀습니다 그치지 않았습니다
물을 길으라
하시니 내 목소리인 줄 알았습니다 아무도 없는 방
에서 우리 뜻대로 나는 더 많은 물을 길어 올리시고

당신의 얼굴을 볼까 두려웠습니다 전에 없이 그
랬습니다

변검술사

가위를 들고 풍경을 자르는 너

만날 때마다 일그러지는 얼굴이 있었다 좁은 그
곳에도 여닫히는 기관이 있어 밀실에 어울리는 표
정이었다

밀실에 드는 광선은 분재에 남은 의지였다
몸을 비트는 펜다는 왜 생장에 반하며 어두운 쪽
으로 잎을 벌리는지

그릇된 방향으로 분무기를 들고 분재에 물을 뿌
렸다
밀실을 밝히는 무지개
우리는 우리가 아는 만큼의 색만 발견하며

너는 밀실을 위해 정원을 지우고 나는 정원을 위
해 벽을 쌓는다
물 뿌리자 몸 비트는 너

무지개 속에서는 일손을 놓고 서로의 첫 얼굴을
바라보았다
　우리는 서로의 표정에 세 들어 사는 임차인
　너의 얼굴에 대한 권리를 주장하고

　펜다 잎사귀에 광선이 모인다
　둥근 어둠. 이것은 유일한 합의점

굴

명자와 나는 같은 병원 앞에 서 있었다 병원 앞 정원에서 햇발 아래서 정원에는 활짝 핀 꽃들도 많고, 명자와 나는 날개 잃은 석상도 보고 죽은 개미 떼도 보곤 하였다

명자는 흰옷을 입고 있었고 나는 흰옷을 입고 있지 않았는데 정오의 정원이라 반짝이는 물도 있었다 연못에는 희거나 붉은, 혹은 황색으로 빛나는 큰 잉어 세 마리와 아직 제 빛깔을 모르는 먹색 새끼 잉어 떼, 빛을 어지럽히고 있는데

너는 병원에 있다 나왔구나 나는 이제 병원에 들어갈 거고 아주 나오지 않을 거야, 말했다 나는 그럴 참이었다 병은 없지만 병은 만들면 된다 창문이 있다면 커튼을 치면 되고

명자는 예쁘고 쪼그리고 앉아 꽃잎을 더듬는 손이 계속 떨렸다 너는 누구를 기다리고 있니, 묻는데 이제는 찾아올 사람도 없고 그럴 이유도 없다 너에게 그늘이 없어서

너는 빛과 같이 걸었다 천사들을 비웃으며

몇 호실이니? 묻는데 대답이 없고 묻는 사람이
없다 정원에는 죽은 개미 떼 주인 잃은 작은 굴들

돌의 감정

아무것도 배우지 않는다 애초에 배운 게 없으니 어떤 사물에도 레테르를 붙이지 않기로 오늘 식단에 대해 침묵하기로 음식이 어떠했더라도 그건 좋은 일도 나쁜 일도 아니므로

옴짝달싹하지 않고 싶다 더는 네가 불러도 가지 않고 싶다 차갑더라도 여기 머물고 뜨겁더라도 여기 머물기로 한다 너에게 호명되지 않는 위치에서 너를 호명하지 않기로 한다 애초에 남이니까 남 아닌 것으로 위장하지 말기로

내 속에 무슨 금속성이 있는지 알기나 하는지 내 배에 귀를 대면 알 것이다 내 속은 단단한 진공으로 되어 있다 가장 날카로운 금속이 될 가능성은 그 진공 속에서 울고 있다 그러나 그것은 차라리 예감에 가까운 것이지, 나의 감정은 아니다

네가 너인 까닭은 식탁에서 나와 마주 보고 있기

때문이다 만일 우리가 하나의 의자에 같이 앉는다
면 우리는 내가 될 수도 있을 것이다

　그러나 너와 다른 것을 주문하기로 한다 목소리
와 표정에 감응하는 법 없기로 내가 어떤 것으로 불
리는 법 없기로 없다고 한다면 없는 것으로

　다만 있다고 한다면 추락하기로, 벼랑에서 떨어
져 부서진 상태이기로, 더 부서질 수 없을 파편들로

　너와 내가 아닌 모든 자리로 말이 되어 번개가 되
어 일용할 만나가 되어

2부

베테랑

숲을 탐색했다 숲이 사라졌다
길을 모색했다 또 실패했다

사라진 숲 속을 헤매다
물이나 돌을 찾다 보면
그 사이쯤의 늪

물이 없으니 물이 없다 말하고
나무가 없다 말하니 나무가 없는

숲, 어디쯤의 늪
저를 실패하게 하소서
기도 소리 만연한 고원에서
너희를 만났다, 적이 없는

우리들, 기사들
찔러도 상처 하나 못 내는 창을 쥐고
그런 무기를 자랑스레 여긴다 하고

동맹의 입으로만 말하고

지기 위해 서로를 겨누었다
우리가 가라앉고 있다는 것, 늪 속으로
흘러가는 조상들이 되어간다는 것 모르고

흥얼거렸네
어디서 배운 노래인지도 모른 채

어디서 다 본 것들이지
어디서 다 들은 이야기들이지

이파티예프로 돌아오며

의자 두 개가 있는 지하실에서
지금, 가족은 끝납니다

끝없는 끝으로 여름 멀어지며
당원들의 총구에선 불꽃이 동시에

태어나는 한 다발 정물
타티아나 올가 마리아 아나스타샤

2층에는 아무것도 없습니다
원래 아무것도 없었기 때문입니다

그렇게 이파티예프, 정문으로
신하들이 마차를 끌고 들어오고, 정문으로

아나스타샤는 돌아오지 않습니다
입버릇 같은 수형 생활
총성으로 시작해서 총성으로 끝나는

나무 없는 숲에서
아나스타샤는 경작하고 아나스타샤는 늙어 죽고
아나스타샤는 유럽을 횡단합니다

아나스타샤는 발견되고 아나스타샤는 흩날립니다

굴뚝 연기는 직선의 형태로 피어오릅니다
지하실에서 무너지는 벽의 표정
얼굴을 잃어버린다는 뜻으로

아나스타샤가 법원에 서 있을 때
아나스타샤는 마구간에서 여물을 먹였으며
당원들은 판결문을 읽어 내려갑니다

판결문에 빼곡하게 적힌 총성들

가족이 끝난 뒤에는 여행을 떠나고

열차를 타고 떠나고 빈칸은 빈칸으로 둔 채
아침으로 저녁으로 떠나고

이곳은 언니들의 방 이곳은 동생의 방
이곳은 엄마와 아빠의 방
이곳은 우리들이 죽은 의자의 방
그리고 2층에는 아무것도 없습니다

모든 것은 좋게 끝날 거야 그렇게,
이파티예프로 돌아오며
대성당에 총성이 울립니다 지난해에도 그랬습니다

우리는 영원히 살 수 있을 거라던 그 말
이듬해로 날아오르는 새 떼를 보며

흩어진 창.
아나스타샤는 잠기지 않는 문을 생각했습니다

사냥꾼

의자에 앉아 총을 들고 있었다. 나타나길 기다리
고 있었다. 잠시

꿈을 꾸었다.

꿈의 안은 텅 비어 있었다. 숲에서는 자꾸 길을
잃었다. 아직 죽지 않은 부모님을 생각했다.

숲 속의 의자

그 의자는 이제 숲 속에 있다 숲 속에는 생활을
잃은 노인도 숨어든다

아침이면 의자에 앉아 숲의 저편을 본다 저기 보
이는 참나무 참나무 그리고 참나무

그 의자는 등받이와 팔걸이도 없어서 노인은 저
녁으로 등을 구부린다

비가 오면 숲이 두터워진다 노인은 오두막으로
숨어들고
의자는 그 자리에서 천천히 해체된다

가끔은 숲 속에 톱질 소리가 들린다 노인이 신경
질을 부리는 것이다
숲 속에는 노인이 죽어도 무덤도 없고 의자는 흔
들리지 않는다

여름

아무 생각도 하지 않고 있거나 아무 생각도 하고 있지 않았다 마른 입술을 통해 겨울이 왔다 나는 장롱을 뒤져 목을 묶는 생물을 찾았다

그것은 꿈틀거리고 있었다 밖에서는 습관을 버렸다 네가 온 벤치 하나 네가 오지 않은 벤치 하나 발목 잘린 벤치 하나 온통 하나뿐인 공원에서 왜 우리는 여전히 둘일까

네 입을 벌렸다 그것은 꿈틀거리고 있었다 쓸모가 없었고 살아 있었다 내가 온 벤치에 너는 오지 않고 있었다

우리는 여전히 둘일까 목이 막혔다 개별적인 나무에서 개별적인 꽃이 피었다

얼어붙은 호수에서 너를 찾았다 너는 없고 너의 표정만 갈라지고 있었다 목이 막혔다

얼음 깨지는 소리, 벤치로 왔다 나는 땀을 흘렸다

기원

아침에는 작은 전쟁이 있었다

나무가 우리의 조상이라는 수업을 들었다
우리의 반은 믿고 반은 믿지 않았지

교실에서 나와 태양 아래 있었다

정오에는 언니들이 이장되었다
이 강에서 저 강으로
언니들은 영원히 방학이구나

주방에선 이방인의 심장이 끓고 있었다

창에 페인 사람들을 보면서
우리의 생일을 떠올렸다
우리 중 누군가 매장되고
누군가 아주 오래 살았던 날

아침에는 숲이 벌목되었다
산에 피가 났다

우리의 반은 우리의 반을 떠나며
낯선 얼굴로 돌아온다 말하고

우리의 손은 일렁이는 물에 가까워진다

정오에는 우리가 불어났다
빛 속에서,

산의 얼음이 녹자
수원지에서 고대의 언니가 발굴되었다

내 책상이 있던 교실

내 책상 위에 국화가 있었다
국화 위에 편지가 있었다
편지 위에 국화가 놓였다
국화 위에 국화가 쌓였다

줄 세워진 우리들 손에 들린 국화를 잊는

선생이 들어온다 활자 가득한 칠판
국화를 들고서 말이 없었다
말을 못했다 오늘 당번 누구지
선생은 말하고

당번은 죽었어요 말을 못했다
국화를 들고서
우리는 우리의 차례를 기다린다

편지가 놓였다 내 책상 위에
당번은 읽어라 선생은 말한다

읽지 못했다 당번이 죽었지
슬픈 일이다 그래도 수업은 해야지
선생은 말한다

너는 교과서를 읽어라 종이 울릴 때까지

읽지 못했다 책상 앞에 앉아
애가 죽었어요 아무리 그래도
어쩔 수 없지 그렇게 말하고

우리는 너의 책상에 얼굴을 묻는다

흔들리는 등 위에 흰 손이 놓였다
흰 손 위에 흰 손이 놓였다
흰 손 위에 흰 손이 쌓였다
흰 손이 계속되었다

백조공원

솟아올랐지, 물, 공원의 중심에서
흩어졌다 공원의 주변으로
의미 없이 걷는 사람들

중심으로 모여들었지
그곳에 순백의 빛
백조 조각상이 있다
날개를 펼치며 높은 곳으로
솟아올랐지
흩어지면서

모여드는 사람들
펼친 날개의 그늘 아래
모두 만난다
서로의 창백한 얼굴을 보며

손 내민다
차가운 손을

너의 추위를 이해하거나
온기에 놀라기 위해

양팔 벌리고
흩어지는 사람들
주변으로

중심으로
백조는 목을 내밀고
울었지, 빛은
솟아올랐고

공화국

눈이 내리고 쌓이면 겨울이 왔다

겨울이면 우리 모두 집을 비우고
공회당에 가서 함께 지냈다
꺼지지 않는 불을 피워 두고서

끝없이 옛날이야기가 이어졌다 옛날은 끝도 없
었다

어른들은 모두 의견이 있었다
의견이 모이면
우리들은 눈 뭉치러 갔다

태양 아래서 한 손 가득 눈을 뭉치면
주먹에서 빛이 빠져나가고

어른들은 창을 들고 사냥하러 갔고
지난해 잡았던 물개를 또 잡아 왔다

공회당의 불가에 앉아 우리는
옛날이야기를 듣다 졸다가, 곧 깨어나
사냥하러 가거나 이야기하는 사람이 되고

눈이 녹지 않은 채 여름이 왔다
쌓인 눈에 눈멀 것 같았다

죽는 사람은 빈집에 죽으러 갔고
죽고 나서도 눈멀고 싶은 사람들이
물개가 되어 창에 찔린 채 돌아오기도 했다

야영지

한 사람이 새를 들고 나타나자 한 사람이 새를
들고
나타났다 또 한 사람이 새를 들고 오고, 새를 들
고 왔다

불이 타올랐다 사람들과 그림자들이 불을 에워
싸고
불 속으로 종이 제각각인 새들이 떨어졌다

한 사람이 머리가 푸른 새를 들고 맛있다고 하고
한 사람이 꼬리 긴 새를 들고 맛있다고 한다
벼슬을 단 새, 하얀 날개를 가진 새의 살이 발리
고 있다

한 사람이 배를 두드리며 드러눕고 한 사람이
배를 두드리며 드러누웠다 드러누운 사람들을 밝
히며

불은 타오른다

한 그림자가 드러누운 사람을 씹어 삼키고 한 그림자가 사람의 가죽을 벗겨낸다
불 주위를 돌며 그림자들이 들썩이고 있다

장작이 뒤스르는 틈을 타, 죽은 새들은 불 속에서 솟아올랐다

성문에서

그해 여름 또는 겨울의 문턱. 우리는 대청마루에
함께 있다.
사원처럼 정돈한 방을 떠나 돌아오는 계절이 우
리의 마당을 지우는 것을 보면서

나는 수제비로 병사를 만들고 너는 잠에 빠진다.
꿈으로 잡음이 흘러들지 않도록 너의 귓가에 수
제비 병사들을 세워두고.

대문 밖에서는 끊임없는 군화 소리가 들려온다.
오랜 세월에 걸쳐 점점 가까워지고 있다. 너는 쉽게
잠들었지만
잠에서 깨는 법까지는 잘 몰랐고

대문이 활짝 열렸다.
아무도 없었다.
끓는 물 속에서 수제비 병사들이 수백 년 수천
년…… 찢어지고 있었다.

정육점이 있는 골목

이 길로 들어간 남자아이는
저 길에서 빈 지갑을 들고 나온다

이 길로 들어간 여자아이는
저 길에서 달란트를 들고 나온다

저 길로 들어간 엄마는 안 나온다

백수는 전도하러 과부의 몸에 들어간다
승합차에 어린아이 한 덩어리 들어간다
이 길과 저 길은 통하지 않는다

이 길에서 아빠는 입을 닦고 나온다

새와 드릴과 마리사

골목은 차다 골목은 반짝인다 골목은 깊이를 잃
은 채 골목은 갈라진다 골목은 둘로 나뉜다
셋으로도 나뉜다 넷으로도 나뉜다

죽은 새를 주워 저글링을 했다 죽은 새를 양손으
로 주고받으며
둘로 갈라지는 골목을 걷는다 셋으로 갈라지는
골목을 넷으로 갈라지는 골목을

걷는다 의자가 있다 아무것도 발생하지 않는 의
자 하나 아무것도 발생하지 않는 의자 둘······

영혼을 보는 시선은 피했다 모퉁이마다 노인이
출몰하는 골목 고정되지 않는 모퉁이를 빙글빙글
도는 일
죽은 새에게 온기가 있어 양손은 따뜻하고 양손
이 차가울 때까지 죽은 새로 저글링을 하는 일

성당에 들지 않고 성당을 뜨지 않는 일 성당 주변을 빙빙 돈다 냉담자들만이 음악을 하지

　나는 음악을 했지 음악을 한다는 말은 이상한 말 나는 음악을 했다 죽은 새로 했다 열심히 했다

　죽은 새가 살아나고 반짝이는 날개를 꿈틀거리면 짓눌러 죽은 새로 만드는 일

　냉담자들만이 음악을 하지 열심히 하지

　지겨울 때까지 그 짓을 했다 더는 골목이 생각나지 않을 때까지 둘째 골목이 생각나지 않을 때까지 셋째 골목이 생각나지 않을 때까지

드론

자매들은 갈래머리를 땋아 서로 연결하고 테이블
에 둘러앉아 있다

둥근 테이블 위에 둥근 빛이 있었다 그곳에서 끊
임없는 소리가 들렸다 너무 오래 듣고 있어 들리지
않았지만

아무도 입을 열지 않는다 계속되는 정오에는 눈
을 감았다 더 많은 빛

더 많은 침묵이 흐르고 있다 귀를 막아도 끊이지
않는 소음처럼

공중에 황조롱이가 원을 그린다 굴뚝 연기가 원
을 가린다 정오에는 굴뚝 연기 따라서 자매 하나가
공중으로 간다 그곳에

빛이 있다 자매들은 잇댄 머리를 흔들며 입을 벌
린다 자매 하나가 자음이 없는 사전을 펼친다 자매
들은 돌아가며 사전을 읽는다 아 아 오 오 처음부터
끝까지

굴뚝 연기가 그것을 가린다 눈을 감으면 소음 계
속되는

정오에는 자매 하나가 공중으로 간다 빛 속에서
는 더 많은 소리가 흘렀다 너무 오래 살아 산 적 없
었을 때 황조롱이는 원 그리기를 중단하고
　자매들은 공중에 둘러앉아 있다.

　둥근 빛 아래 둥근 테이블이 있었다 우리는 사전
을 펼치며 더 많은 빛을 찾는다

철과 오크

숲의 나무보다 많은 새들이 있고 부리에 침묵을
물고 있고
그보다 많은 잎들이 새를 가리고 있고

수십 명의 아이들이 지거나 이기지 않고 같은 색
의 옷을 입고 숲을 통과하고 있고
끝도 모른 채 발자국을 남기고 있다

수십 명의 나무꾼들은 수백 번의 도끼질을 할 수
있고 수천 그루 나무를 수만 더미 장작으로 만들 수
있고
빛은 영원하다는 듯이 장작을 태울 수 있고
장작은 열 개비가 적당하고 그 불이면 영원도 밝
힐 수 있고

아이들이 영원을 지나가고 있고 별들이 치찰음을
내고 있고
밤과 낮은 서로에게 이기지도 지지도 못하고 있고

불 앞에서 나무꾼들은 수십 개의 그림자를 벗으
며 농담을 하고 있고
인간의 맛에 대해 이야기하고 있다

불그림자가 불의 주변을 배회하며 불그림자를 만
들고 있고
새들은 여전히 침묵을 부리에 물고 있고

나무 위에서 열쇠들이 쏟아지고 있다
나부라진 옷가지들이 발자국을 가리고 있고
나무꾼들은 횃불을 나눠 들고 더 어두운 곳으로
움직이고 있고
잎이 풍경을 가리며 무성해지고 있고

수확하는 사람

돌아가고 있다
과수원으로
가족이 모여 있다
가족을 지나
걸어간다
과수원으로
휘파람 불었다
침묵 바깥으로
입술 내밀고
사자(死者)가 밤을 끌며 걸어온다
횃불 하나가 지나간다
과수원으로
어른들이 몰려간다
낫도 없이 가서
낱알로 쓰러진다
판결 이후
걸어간다
과수원으로

열린 문으로
광장은 공원으로
어른은 정강이뼈로
대체되었고
새들은 법을 잊었다
'공중을 철거할 것'
침묵을 허물며
돌아오고 있다
내가 부른 휘파람이
나를 부르고 있다
낫을 멘 사자가
걸어오고 있다
목을 달라고,
목이 필요하다고
목메어 노래하며
가족은 모여 있다
나를 등지고 나란히
목매달고 있다

과수원에서

재활 중인 새들이 있다
이곳의 법도 모르는 채
횃불 하나가 지나간 자리로
횃불 하나가 지나간다
간질처럼
어둠이 간격을 두고 계속된다
낫을 흔들며
휘파람 불었다
밤을 끌며
돌아가고 있다
과수원에서
과수원으로

망원

우리에게 익숙한 이미지의 익사체로 남은 천사들
이 한강으로 날아와
성산대교니 행성이니 하는 것들을 부수고 있었다
멋진 광경이었다

이미지가 지루해지면 집으로 왔다

축성된 삶의 또 다른 형태

불구의 여자는 아름다웠지. 도망가면 죽이겠다는 소유주의 말을 무시하고 여자는 움직인다. 하나의 팔과 하나의 다리를 흔들면서. 쏟아지는 눈을 끝으로 사라지는 영상.

그리고 애프터이미지

몰락한 관광지의 여관. 서랍장 하나가 유일한 가구인 이 방이 마음에 든다. 서랍 손잡이에 조각된 기록 담당 천사. 서랍은 봉인되어 있다.

차오르는 검은 물의 시간

천사에게 곰팡이가 피어 있다. 인간이 오랫동안 그를 생각하지 않은 탓에

형광등 아래에서 어른거리는 아리아
열린 창을 통해 드는 소리인지 아니면

빛처럼 새나가고 있는지

거리는 희고, 그러나 눈부시진 않다. 이 어둠이
적당해 보인다. 축일이기에
종소리가 크게 울리고, 그것이 유리의 신비를 알
게 하고.

떨리는 유리의 표면으로 풍경이 자맥질하고.
소리는 보이지 않는 몸이라 알고, 다른 몸이 다른
몸을 아프게 할 때

곰팡이 핀 천사가
눈물을 흘린다. 제 몸을 녹여가면서

촛불이 방을 어둠으로 채우고 있다.

네가 죽은 만큼 네가 태어나는 밤

검은 물에 잠기는 아리아

종소리 따라 눈이 흩어진다. 하얗게 뒤덮이는 또
하나의 생각

골몰히 내부를 흐리는

유리 해골

흑막을 걷어내면 흑막을 드리우는

실험실은 중단된 실험의 흔적으로 어지러웠다

탁상 위에 정교한 웃음을 짓는
해골이 있었다

텅 빈 눈으로
텅 빈 눈을 쳐다보았다

어둠 속에서 오래 빛나던
너의 비웃음

그것을 베끼라고 했던 나의 선생님

R의 죽음

당신이 나를 처음 만졌던 때를 기억하고 있습니까?

천식이 있는 당신에게 골방은 수학의 세계나 다름없지요

수만 개의 지문들이 쌓여 왕국을 이루고 있습니다

방의 사물들은 이름도 없이 돌아다닙니다

책장에 꽂힌 책처럼 묘비가 되기를 기다립니다

당신은 거울 앞에 서서,

무슨 옷을 입어야 할지 고민합니다

당신은 이름을 팔아 부조를 하고

출신을 팔아 부조를 받고

부조를 받아 사물을 사들입니다

지문이 묻은 사물은 버린 자식이 되고, 당신은 기침을 하고

버린 자식은 당신의 모습이 되어 장례식을 찾아옵니다

너무 많은 것들이 이미 소비되었습니다만

R, 나는 그런 이름으로 불리는 걸 원하지 않았습니다

당신의 시신은 자주 기침을 합니다

지엽적인 삶

비닐하우스에는 빛이 가득하다 현기증이 난다

너는 거대한 사물에 물을 뿌리고 있다 그것이 뭐
냐고 물었다
그것은 꽃이라고 말한다 그것은 꽃이 아니다
꽃은 색이 있고 향기가 있다 무더기로 살다가 무
더기로 죽는 것이다

그것은 거대한 하나이고 색이 없다 살지도 죽지
도 않고 무한히 자라난다

요즘은 잘 사냐고 물었다 잘 사는 게 뭔지 모르겠
다고 했다
요즘은 아프지도 슬프지도 않다고 했다

꽃이 아닌 그것이 비닐하우스를 채웠다 현기증이
난다
그런데 너는 누구냐고 물었다

이곳에는 빛이 가득하다 몸을 잃을 만큼

물을 뿌렸다
물이 흩어진 곳에서 어둠이 번식한다

많은 손들을 잡고

몸을 잃어가며 장작이 빛난다 언젠가부터 시작된 거실의 음악은 언제까지 계속되는지 이곳에는 질문도 없고 답도 없다

간밤에 잃어버린 회문을 생각했다 오랫동안 눈이 내렸으며 믿음은 새로웠다 골목은 안으로 굽어 바람을 가두며,

눈은 눈과 겹치고 있다 첫눈이 겹칠 때는 눈이 오는 소리가 들린다는 말을 믿지 않았다

밤이 밤을 넘어서 지붕을 덮고 있고 눈은 밤을 덮고 있다 덮이는 건 없다 해도 좋았지만

악사들은 수백 년째 쉬지도 않고 밴조와 피들 따위를 연주 중이다 밤이 계속되니까 이제 우리는 연주의 슬픔도 지겨움도 다 잊고 이 음악에 고립되어 있다

어둠 속에서 우리의 눈은 왜 자력을 얻나 이곳에
서 우리는 몇백 명쯤 되는 것이지, 저벅이는 소리
들리지만 괜찮다 아무런 답도 없다

그림자 한 덩어리가 어둠의 외곽으로 뻗어 나갔
다 손을 뻗어 그것을 잡고 그것을 내밀었다 겹치는
그것들 너무 많은데 그것들을 하나도 놓치지 않고

우리가 영원히 사는 게 이상하다 눈이 자꾸 겹치
는데 손등에 진 그늘의 열기는 식으려 하지 않는다
몸을 잃어가며,

거실은 무너지고 우리는 이 손들을 절대로 놓지
않을 것이며 밤이 오고 밤이 쌓이면 한밤을 함께 넘
어서

피동사

　잎과 가지 너머 많은 잎과 많은 가지 그 너머 보
이지 않지만 길이 있지 그 길가에 많은 잎과 많은
가지가 있다 보이지 않는 길로 보이지 않는 차가 지
나가고 보이지 않는 사람이 지나간다 보이지 않는
벤치에 들리지 않는 말이 있고 열리지 않는 창고에
서 말이 되지 않는 사건이 일어난다 내용이 없는 수
업이 있고 아무도 없는 교실이 있다 반쯤 걷힌 블라
인드에 가려진 잎과 가지가 있다 많은 잎과 많은 가
지 그 너머의 잎과 가지는 간격을 잃고 울고 있다
그 소리는 아직 들리지 않는 것

3부

저녁으로

지장보살의 발 아래, 수원지가 불분명한 물이 솟
았다
너와 나는 받아 마셨다

이 물은 맑고 투명하다 너의 검은 얼굴이 증거로
떠오르고 있다

검은 것은 얼굴이 아닌 물, 네 눈에는 언덕 아래
많은 묘지가 보이지 않는지

많은 것은 묘지가 아닌 집, 그곳에서 자고 있는
많은 사람들, 너와 나처럼
새벽에 모두 깨어나 여기로 오게 된다 빛 속으로

서서히 떠오르는 잉어 한 마리
전나무 그늘 사이에서
서로를 잃어버렸다

지장보살의 표정 아래 한없는 얼굴들이 흐르고

면회

그를 만나는 일, 방에서
나오지 않는 그를 찾아가는 길
한가운데서 영영 나올 것 같지 않던
그와 마주치는 일 놀랍지만
어쩐 일이냐고 무덤덤하게 물어보는 일
그저 '식량'을 사러 가는 길이라고
식량이 바닥났다고 답하는 그의
얼굴을 보는 일, 항상 어두운
법복을 걸치고 건반 두드리던 그와
나의 헐렁한 관계를 생각하는 일
그는 식량을 사러 떠났고 날씨가
어떠냐고 오늘은 절망하기 좋으냐고 묻지도
못했다 그래도 걸어가는 길은 그가 없는
그의 방으로 가는 길, 빈방에서
그가 아끼는 그랜드 피아노를 꽝꽝 치고
허기져 돌아가는 일

죽은 시들의 성찬

너는 초대받았다. 완전한 시의 이름으로 너는 시의 자리를 부여받는다.

만찬장으로 통하는 긴 복도는 거의 아침이 지나간 궤적이다. 그러나 그것은 아침의 궤적이 아니어서 집사들은 빛의 부스럼을 거두어 간다.

주인은 오고 있는가? 모든 죽은 시들이 초대받았다. 한없이 기나긴 그래서 하나의 여정이랄 수 있는 테이블. 너는 그 말석을 허락받았다. 너는 두리번거린다.

너는 다른 시들의 만듦새를 본다. 큰 시, 위대한 시 승리한 시 실패하는 시 졸고 있는 시도 있고 귀여운 시도 있다. 미친 시는 참석하지 않은 채 새벽의 음악이 되어 날아다닌다.

시들은 기다리고 있다, 주인을. 그러나 주인을 본 적이 없어서 주인의 얼굴을 모르고 주인이 오지 않았다는 이유로 만찬은 시작되지 않고 있다.

시들도 한다, 주인이 이미 당도했을지도 모른다
는 생각. 그러나 아무도 주인을 모르고 주인도 주인
을 모른다는 생각, 시들도 한다. 생각하면 문이 열
리고

빈 접시들이 집사 대신
들어온다 빈 접시들이 테이블에
쌓여간다 흔들리며

율법을 따르는 빈 접시들
깨져야 할 때를 아는

접시들이 반사시키는 빛으로 접시들이 떠오르
고 빛 속에 한가득 차오르는 것은 한 번도 본 적 없
는 우리들의 얼굴인가. 너는 죽은 너의 얼굴을, 죽
은 너의 해골을 골똘히 바라본다. 그러면 해골도 잠
에서 깨어나 너의 얼굴을 골똘히 보게 되고 그러다

보니 너는 문득 주인의 얼굴을 알게 된 것 같은 기분에 사로잡힌다. 그 기분은 거의 눈물 같아서 너는 곧장 그 기분을 떨쳐낸다.

　빛의 원형으로, 새벽 별이 지루한 음악의 시간을 관통한다. 퇴장을 서두르고 있다.

재앙

꽃집에 불이 났다 창이 밝았다 꽃은 연기 속에 잎
을 감추고
식물은 불에 타들어간다
건물에서 네가 뛰쳐나온다

우리는 말없이 너를 걱정한다

건물은 불에 타들어간다 안에 사람이 있다고
너는 말한다 우리는 너의 말을 믿는다
불 속으로 뛰어들 수는 없지만

뛰어들려는 너를 막는다
생명을 구해라 너는 말하고
우리는 말하지 않는다

건물 밖으로 물이 흘러넘친다
물을 든 남자가 걸어 나온다

다행히 아무도 없었습니다

그럴 리 없다고, 네가 말한다

나타샤

나는 구출당합니다 창백한 어둠이 하나의 원으로
수렴되는 과정,

어둠 속에서 나는 감각만을 익혔습니다 내 손에
쥐여오는 단단한 것은 차가운 그의 광물 그의 주머
니에는 그런 광물이 얼마든지 있었습니다
보이지 않기에 어떤 광물인지 모릅니다 광물이
아닌지도 모릅니다 그는 밤에 나를 가뒀습니다 나
는 밤에 젖은 채로 그의 광물을 캐고 또 캡니다

나는 오래 살고 오래 착취됐습니다

하루는 난생처음 새소리를 들었습니다 하루는 먼
곳에서 날아온 소리를 듣고서 그가 죽습니다
그가 죽은 뒤에도 나는 그의 광물을 캐어 그의 주
머니에 넣습니다 광물이 아닌지도 모릅니다 나는
딱딱하다는 것 외에는 잘 모릅니다

그의 입안에 박힌 그것이 빛날 때

당신들은 너무 늦게 랜턴을 비춥니다 빛이 뭔지
모르게 될 때까지
의아한 표정으로 나는 끌려 나옵니다 나는 몇 개
의 광물을 잃습니다

위법

며칠간 여러 생각에 빠져 지냈는데, 시내였다
시내가 끝나는 곳에서
계속되는 종려나무

열매들이
빛에 잠겨 있었다

보도 쪼는 일에 골몰하며
세계의 틈을 벌리는 새도 아닌데

걷다 멈추다 걷다 생각하다
멈췄다
간격을 허물며

사라지는 종려나무
열매에 손 뻗으려는데

등 뒤에서

내 어깨를 붙잡는 손 하나

말이 되지 않으려는 저 빛들⋯⋯

카논

영원을 논하는 건 어리석은 일이라
말씀하셨지요
수업은 끝났습니다

어제 당신이 쬔 햇볕이 이제야 내게 쏟아집니다

당신이 숲 속으로 사라지면 수업은 시작됩니다
아무도 없는 교실에서

당신의 말씀을 기다렸습니다
그늘 사이로 나무 그늘이 끼어드는 책상에 앉아
나무의 속을 생각했어요
상처 없이는 들을 수 없는 총보에 대해 말입니다

칠판의 고요에 귀를 기울이면
나를 삼키려는 숲이 들립니다, 아마 아닐 테지요
나는 나무의 속에 스며든다고 느낍니다

이끼가 자신이 이끼인 것을 모르듯이
풍경 속에서 풍경은 잊히고
나무의 속에 있어 나무의 속을
모른다 말했습니다

당신의 말씀을 기다렸습니다

한곳을 맴도는 물소리만이 들린다는 것
이 교실에 내가 없다는 것

풍경이 잠시 나를 생각한 모양입니다

그의 이름을 모른다*

살찌는 여름이었지

우리는 황금을 찾으러 떠났어

숲에서 만나는 사람들이랑

타인이라곤 온통 강도뿐이고

사립문에 내걸리는 빗장

그는 유죄다 목매달릴 것이다

인디언은 담배를 좋아하니까

술집은 담배 연기로 자욱하고

사형 집행일에 대해 떠들었어

그는 누구지? 그는 누구지?

형장에는 아무도 없다고 하고

한쪽 테이블에선 포커가 한창이었지

타인이라곤 온통 강도뿐이고

어디서 만나든지 서슬 퍼런 도끼날

모든 계약이 악수로 파기되지

우리는 담배를 좋아하니까

숲에서 만나는 사람들이랑

사형 집행일에 대해 떠들었어

너는 유죄다 목 매달릴 것이다

형장에는 아무도 없다고 하고

아무도 그가 누군지 몰랐지

우리는 황금을 찾으러 떠났어

사립문에 내걸리는 빗장

살찌는 여름이었지

* 스탠 더글라스展, 「클랏사신Klatsassin: 우리는 그의 이름을 모른다」

우리가 극장에서 만난다면

언젠가 우리는 극장에서 만날 수도 있겠지. 너는 나를 모르고 나는 너를 모르는 채. 각자의 손에 각자의 팝콘과 콜라를 들고. 이제 어두운 실내로 들어갈 것이다. 여기가 어디인지 모르는 채. 의자를 찾아서 두리번거리지. 각자의 연인에게 보호받으며. 동공을 크게 열고, 숨을 잠깐 멈추고. 우리는 함께 영화를 볼 것이다. 우리가 함께 본 적이 있는. 어둠 속에서 사건들은 빛나고. 얼굴의 그늘을 밝히고. 우리가 잊힌 시간들을 생각하면서. 팝콘 한 움큼 쥐려다 서로의 팝콘 통을 잘못 뒤적거리고. 손이 엇갈릴 수도 있겠지. 영화가 뭘 말하고자 했는지 모르는 채. 깊이 없는 어둠으로부터. 너와 나는 혼자 나올 것이다. 두리번거리며, 눈 깜빡이며. 그때 너와 나는 텅 빈 극장의 내부를 보게 된다. 한 손에 빈 콜라 병을 들고서

밝은 성

안개 짙은 날에는 걷기만 했지
죽는 날 듣게 될 음악을 생각하며

웃었어 친구들도 웃었지 맞닿은 어깨들이
빛나 보였어 먼 곳의 도시가 능히 그러듯이

피어오르는 빛을 따라서
안개는 몸을 지우며 길을 펼쳤다

친구들, 안개 속에서 크고 환하며
안개 걷히면 보이지 않는

친구가 없는 내 친구들

사과와 크레용, 장미나 의자 따위
저마다 대수롭지 않은 사물들을 손에 쥐고
그것을 신앙이라 밝히길 두려워 않았던

친구들이 울었어 어두운 도시로 걸었지
지울 몸이 없어 도시로 가는 길도 없는
흑암 속을 걷는 친구들
그곳이 도시인줄 모르던

친구들, 내가 죽은 뒤에도 내 친구들이었던 친구들
신실했고, 저마다 아껴 듣는 음악이 있었던
내 친구들

이장(移葬)

지난밤 당신과 나의 꿈이 뒤바뀌어 있었습니다
내가 당신을 베꼈거나, 베개를 바꿔 벤 탓이겠지요
　나는 당신의 꿈속에서 어리둥절했습니다 어둡고
낯설었는데

　채찍이 등을 후려쳤습니다 "일하라. 멈추지 말고
일하라. 그분이 오신다." 둘러보니 서른 명쯤 되는
당신이 땅을 파고 있었습니다 왕의 묘를 파는 중이
라고 당신 중 하나가 일러주었지요

　나는 당신과 함께 땅을 파고, 채찍질 당하고, 함
께 침묵했습니다
　그분이 오신다, 일하라, 멈추지 말고 일하라

　당신은 하나둘씩 지쳐 쓰러지고, 깊게 판 묘혈로
목 잘린 장미처럼 떨어졌습니다 그곳으로 죽은 왕
은 천천히 임하십니다 그의 등 뒤로
　빛이 어지러웠어요 나는 꽃 덤불 속에서 눈물을

쏟았습니다

　지난밤 당신은 죽은 내 꿈속에 갇혀 울고 있었습
니다 당신이 그렇게 우는 건 처음 봤어요

론도

요즘엔 붉은 스웨터를 짠다 너에게 줄 붉은 스웨터
요즘엔 꿈을 꾼다 아주 길고, 아주 짧은 꿈 마천
루 옥상으로 밀려오는 파도에 발 담그는 꿈 요즘엔
그런 사소한 생활이 있다

머리가 노란 여자는 네게 나를 친구라고 소개했
다 여자는 나와 사무실에서 자주 지나친 적이 있다
나는 너를 보며 아무런 말도 안 한다 너는 흰 셔츠
를 자주 입는다

요즘 너와 나는 산책을 통해 만난다 한때는 창문을
통해 만난 적이 있다 벽을 통해 만난 적이 있다 너와
내가 만나는 곳은 스웨터 길이에 따라 달라진다
우리 언제 바다에 갈래요? 나는 아무런 말도 안
한다

너의 여자는 개를 끌고 보도를 지나간다 내 친구
알지 전에 만났던 나는 친구를 만난 적이 없다 검은

머리 너의 개를 끌고 다니는 노란 머리

　우리, 네가 나를 이르던 차가운 말을 발음해본다
요즘엔 스웨터를 짜고 꿈을 꾼다
　붉은 스웨터를 입은 너와 내가 만나는 꿈 마천루
에 부딪히는 바다와 우리 출렁이는 꿈

눈 속의 잠

그의 어린 아들이 아팠다 몸이 펄펄 끓고 있었다

한여름에 독감이라니, 그는 창밖을 보며 생각했
다 그런데 문 열자 겨울이었고, 폭설이었다 그는 외
투를 껴입고 집을 나섰다 낯익은 풍경 같은 눈길에
미끄러지며

약국으로 갔다 알던 약국은 사라지고 없었다 게
다가 지금은 한여름이라 외투가 불편했다 그는 외
투를 벗고 다른 약국을 찾아갔다 그런데 다른 약국
도 사라지고 없었다

그는 지쳐 집에 가고 싶었지만 아픈 아들 생각이
났다 그는 또 다른 약국을 찾아 나섰다 낯익은 풍경
같은

폭설이었다 그는 미끄러졌다 그의 온몸이 펄펄
끓고 있었다 눈이 그를 뒤덮었다 이러다 내가 죽겠
구나, 약국 근처도 못 가보고 아들에게 약도 못 주
고 나는 죽는다, 생각하며 잠에 빠져들고 있었다 잠
결에 빛나는 약국 간판을 보았지만 잠에서 헤어날

수 없었다

아버지 괜찮으세요? 아들이 건강해져서 그를 데리러 왔다 잠 속에서 그를 건져내는 아들의 손을 잡으며, 우리 이제 집으로 가요 집으로 갑시다 아들은 외투를 벗어 그에게 입히고, 그를 업고 갔다 우리는 이제 간다 집으로 간다…… 아들의 등에서 그가 중얼거렸다

보트

그런 모양으로 보트가 흔들린다

네가 실린 보트가 흔들린다
네가 실린 보트가 흔들린다
여러 보트가 흔들린다
감겼다가 풀어지는
스트링처럼
형벌을 받는 형세로 흔들린다

그런 모양으로 흔들린다
그런 모양으로 부서진다
너의 보트가 보트가 아니게 된다
네 얼굴이 물 위에 둥둥 떠 있게 된다

네 얼굴이 외친다
나는 기록한다
흔들리는 보트에서 흔들리는 필체로
흔들리는 생각으로 흔들리는

여러 보트가 부서진다

기록한다 네 얼굴이
질린다 붉게 질린다
하얗게 질린다 파랗게 질린다
더 질리기 전에 둥둥 떠 있게 된다
너의 얼굴이 얼굴이 아니게 된다

그런 모양으로 흔들린다
바다가 출렁이지 않고 보트가 흔들린다
표정 없이 떠다니는 부표들의 형세로
스트링처럼 감았다가 풀어놓은

여기까지 기록하는 것은 내가 아니게 된다

에덴

그는 집이 없었고 피리를 잘 불었고 뱀과 물고기
의 친구였다 아무도
그를 듣지 않았다 그는 죽어서 천국으로 갔다

천국에서도 그는 집이 없었고 피리를 잘 불었다
죽은 뱀과 죽은 물고기의 친구였다

아무도 그를 듣지 않았다
아무도 사랑하지 않았다
천국에서도 그는 죽고 천국에는 천국이 없어서

그 영혼은 굽이치는 천국의 만곡을 따라 떠내려
간다

우리는 뒤늦게 천국으로 가서
그의 장례식을 열어 그를 초대했다
웃는 입에 물뱀 하나씩을 물고
뻐끔거리며

유형지에서

해변에 버려졌다
알 수 없는 해변이었다

알 수 없는 해변을 걸었다

알 수 없는 바다 생물의 사체와
파도에 깎여나가는 돌의 먼지들이
빛나고 있었다
먼 곳에서는 하나의 빛살로 보일 것만 같은

알 수 없는 해변을 걸었다
눈이 내리고 배가 고프고
밤이 오고 잠도 오는데 인가는 보이지 않고
알 수 없이 해변만 밤을 밝혔다

할 수 없이 바다 생물의 사체도 주워 먹고
모래 굴속에서 잠도 잤는데
파도 소리가 먼 땅까지 나를 데려다주었고

알 수 없는 해변으로 다시 데려다 놓았다

살았다가
죽는 것처럼
죽게 되고
살게 되듯이

깨지 않고 싶었지만 나는 깨었고
알 수 없을 해변이 빛나고 있었다

알 수 없는 해변을 걸었다

눈이 날리고 눈이 쌓이고
날리는 눈 사이에 흰 새가 뒤섞여 날고
회전하는 겨울 속에서 머리카락은 점점 검어지고
있다고 느꼈다
모든 게 흰빛으로 망각되는 해변에서
미처 찍지 못한 흑점처럼

얼어붙고, 녹아내리는 먼 바다
파도에 밀려오는 뿌연 빛 사이로
내가 삼켰던 생물이 헤엄쳐 오고 있었다
없는 다리와
없는 입으로
도무지 알 수 없는 형상으로 울면서

피는 파도와 섞인다
살은 먼지에 덮인다

이곳에 나를 버린 게 누구인지
생각하지 않았다 탈출을
꿈꾸지 않았다 알 수 없는

해변을 걸었다

멈추면

완성되지 못하는 침묵이 굴속에서 울었다

의미의 미니멀리즘

강 동 호

이미지의 현상학

「이미지의 수사학」이라는 글에서 롤랑 바르트는 사진 이미지와 대상 간의 유사적 완벽함과 의미론적 객관성을 일컬어 "코드 없는 메시지"라 명명하며 사진 이미지 특유의 사실주의적 현실성을 강조하고 있지만, 다른 한편으로는 사진의 지극한 사실주의 배후에 있는 비현실적 요소에 대해 다음과 같이 서술한다. "사진 속에서는 **여기**와 **옛날** 사이의 비논리적인 결합이 생산된다. 우리가 사진의 '현실적 비현실성'을 완전하게 이해할 수 있는 것은 따라서 외시된 메시지, 혹은 코드 없는 메시지의 층위에서인 것이다. 사진의 비현실성은 여기의 비현실성이다. 왜냐하면 사진은 절대 환상으로 체험되지 않기 때문이며, 전혀 현존présence이 아니기 때문이다. 그리하여 거기에서 사진적 이미지의 마술적 성격을 깎아내려야만 한다. 그런데 사진의 현실성은 '그곳에-존재-했었음l'avoir-été-là'의 현실성이다."[1] 다소 혼란스러운 감이 없지 않으나, 감상자가 느끼는 기묘한 실존적 체험이 과거와 현재의 매개와 관련한다는 대목에 주목하면 비교적 어렵지 않게 이해될 말이다. 하지만 과거와 현재의 비논리적 결합의 진정한 의의가 활성화되는 층위로 바르트가 코드 없는 메시지, 즉 의미와 맥락에 때 묻지 않은 이미지들의 순수 물리적 층위를 가리키고 있다는 사실에 대해서는 조금 더 상세한 풀이가 필요할 것 같다.

이를테면, 사진에 담겨 있는 메시지를 적극적으로 알아내고 발굴하려는 해석자에게 사진에 찍힌 사물과 풍경의 이미지는 사진의 메시지 해석과 관련된 자료를 걸치고 감상자의 시계에 포착될 뿐 해석자에게 그다지 큰 감응을 주지는 못한다. 이미지는 주체를 의미의 전당으로 인도하는 소임을 다하자마자 겸연히 뒤로 물러서는 충실한 종복 같아서, 제 할 일을 다한 하인의 안부를 주인이 궁금해하지 않는 것처럼 사진의 전체적 메시지에 무사히 당도하는 한 해석자가 이미지를 특별히 낯설게 느

<hr />

1) 롤랑 바르트, 「이미지의 수사학」, 『이미지와 글쓰기』, 김인식 옮김, 세계사, 1993, pp. 100~01.

낄 이유는 없다. 반면, 코드 없는 메시지의 층위에 집중한다면 상황은 달라진다. 그것은 의미론이 지휘 감독하는 노동에서 잠시나마 놓여날 여지를 이미지에게 제공하고 급기야 이미지로 하여금 그간 망각되었던 자신의 권리를 자각하도록 독려한다는 말과 다르지 않다. 이미지가 두르고 있는 정보가 아닌, 이미지 자체에 집중하게 되면 주체는 더 이상 이미지의 주인으로 자신 있게 자처할 수 없으며, 사진의 전체적인 의미와 메시지를 만드는 것 또한 이미지가 필연적으로 종사해야 할 신성한 소명이 아니게 된다. 코드의 쇠사슬을 끊어내고 마침내 주체 앞에 선 이미지는 의미의 노역에 자신의 육체가 더 이상 소모될 수 없다고 주장하기 시작하는데, 이 과정은 이미지와 주체 사이에서 발생하는 일종의 '인정 투쟁'에 비유될 수 있다는 점에서 다분히 변증법적이다. 일단 그 싸움에서 상처를 입고 패퇴하는 쪽은 여지없이 주체이다. "존재했었던 것cela a été은 그것은 나다c'est moi를 맹렬히 공격한다."[2] 과거는 이미지를 통해 스스로를 명백히 증언하지만, 지금 눈앞에 없는 방식으로 증언함으로써 과거를 돌연 의미화할 수 없는 낯선 것으로 만들어버리는 동시에 주체로 하여금 돌연 자기 자신의 부재 가능성과 대질하게 만든다. 과거는 분명 헛것이 아니지만, 이미지를

---

2) 롤랑 바르트, 같은 책, p. 101.

통해 그 무엇보다 선명한 헛것으로 주체의 눈앞에 선다. 주체가 영원히 알아낼 길 없는 저 선명한 부재는 주체의 무지를 뼈저리게 자각하도록 만드는 일종의 앎의 심연이다. 무지의 심해를 바로 보는 실천 속에서 비로소 주체의 현실을 구성하는 가장 맨 밑의 자리, 달리 말해 자아의 본모습이 드러나기에 이른다. 경험주의자들의 말을 활용하자면 자아는 세계를 담아내는 그릇이 아니라 '인상의 다발'이라는 이미지의 실타래라고 할 수 있거니와 이 실타래를 묶어주던 매듭이 풀리면서 이미지의 해방과 자아의 해체가 동시에 도모될 수 있는 것이다. 이미지를 바라보는 정신의 소유자가 종종 죽음에 매혹되는 까닭도 거기에 있다. "죽음이야말로 사진의 에이도스이다."[3] 사진 이미지가 죽음을 지향한다는 뜻이 아니라 의미를 벗은 이미지에 대한 매혹과 더불어 자아가 쌓아올린 굳건한 장벽이 무너지고 있다는 예감이 자연스럽게 동반된다는 뜻에 가깝다. 이처럼 "현실적 비현실성"은 단순히 현실이 아닌 것, 혹은 현실 너머에 있는 것이 아니라 극도로 명징한 현실성 속에 제압되어 있던 부재의 흔적(과거)이 활성화되는 어떤 체험적 시간을 지시한다.

다소 길게 바르트의 사유를 짚어본 것은 이미지의 현

---

3) Roland Barthes, *Camera Lucida*, New York: Hill & Wang, 1981, p. 15.

실성과 비현실성의 관계를 조금 더 밀고 나가다 보면, 송
승언의 시 세계로 통하는 관문 하나를 발견할 수 있다고
믿기 때문이다. 정작 바르트 자신은 사진이라는 장르에
엄격히 제한하고 있었으나, 의미와 맥락의 사슬에서 해
방된 이미지의 질료적 가치로부터 스스로 구체적 몸을
발견하고 그 해방된 몸과의 대면 가운데 타자와의 소통
의 계기를 구제하려는 예술적 이념이 어찌 특정 장르에
만 한정될 수 있는 문제이겠는가. 현대시가 이미지에 바
쳐온 특유의 관심과 열정 역시 넓은 맥락에서 보면 거기
서 멀지 않거니와 지금부터 우리가 본격적으로 읽으려고
하는 송승언의 첫 시집 『철과 오크』(2015) 역시 그 열정
의 역사에 동참하고 있는 흔적을 곳곳에서 보여주는 중
이다. 송승언의 시들 중에서도 특별히 간결한 시 하나를
지도 삼아 시작해보자.

　　오랜만에 공원에 갔어 다듬어진 길을 따라 걸으며 자주
　보던 금잔화를 보려고 했지 그런데 그곳에 금잔화는 없었다

　　노란 게 예뻤는데 벌써 철이 지난 거구나 생각했지 그런
　데 철없는 사철나무도 마가목도 청자색 수국도 없었다

　　주인이 죽어 주인 없는 개도 없었고 아무도 없는 정자도
　없었지 공원을 뒤덮는 안개도 없었다 모든 것이 흐린 공원

이었는데 모든 것이 너무나 뚜렷이 잘 보인다

　아무것도 없는 명징한 공원이었다
　배후에서 갈라지는 길이 보이지 않은
　　　　　　　　　─「모든 것을 볼 수 있었다」 전문

　제목이 말하는 바 그대로 이미지는 간명하고 서술되는
상황 역시 선명하지만, 어딘지 모르게 막연하고도 모호
한 분위기가 감돌고 있다. 아마도 시가 말해주는 바가 분
명치 않으며 그 의도를 짐작하기가 쉽지 않은 데다 제목
과 달리 화자가 주시하고 있는 공원에서 특별한 사건이
일어날 기미조차 없기 때문일 것이다. 과연 시인은 텅 빈
공원에서 무엇을 보고 있는 중일까.
　만약 화자의 정신 속에서 이루어지는 사태를 '아무것
도 존재하지 않는다는 사실을 명징하게 인식할 수 있다'
는 수준으로 이해한다면 위 시의 공간은 마땅히 있어야
할 대상들이 부재하는 다소 부정적인 공간으로 비칠 소
지가 생긴다. 그런데 시인은 자신의 시계에 포착된 부재
를 최대한 담담하게 받아들일 뿐 좀처럼 대상들을 자신
의 기억 속 이미지로 복원하는 애도 작업에 몰두하지는
않는다. 이 말을 소극적으로 해석하면 "배후"에 있을지도
모를 풍경의 의미와 가치를 탐색하는 데 시인이 다소 미
온적이며, 아무것도 없는 명징한 공원에 억지로 맥락을

부여하는 일을 삼가며 공원을 단지 즉물적이고 일견 무의미한 공간으로 관조하고 있다는 뜻이 될 수 있다. 그러나 그것이 전부일 수는 없을 것 같다. 왜? 공원을 단순한 무의미의 풍경으로 손쉽게 환원되지 못하도록 만드는 잠재적 요소들이 공원에 없지는 않기 때문이다.

이를테면 "주인이 죽어 주인 없는 개도 없었고", "아무도 없는 정자도 없었지"와 같은 이상한 표현들이 잔상처럼 간섭하고 있다는 점, 특히 마지막 행에 사족처럼 붙은 "배후에서 갈라지는 길이 보이지 않은"이라는 구절에 주목하면 사태는 미묘하게 특별해진다. 언급된 대상들이 "자주 보던 금잔화"처럼 과거의 그 자리에 있었는지가 불분명한 데다가, 해당 구절들을 표현하는 말의 특별한 어감이 대상들을 자꾸 흐릿하게 만들어버리기 때문이다. 마치 이 문장들은 애초부터 지워지기 위해 씌어진 것처럼 보이는데, 그것들을 지우는 동시에 그 지워진 흔적이 잔상처럼 우리의 시선에 남을 수 있도록 부추기는 것 또한 아이러니하게도 공원을 명징하게 투시하는 관찰자의 눈이다. 물론 여전히 공원에는 아무것도 없으며 그것이 우리에게 말해주는 구체적인 의미와 정보 또한 없다. 하지만 이상하게도 관찰자의 시선이 투명해지고 명징해질수록 잔상처럼 남아 있는 저 지워진 이미지들이 특별한 상징에 힘입지 않으면서도 주체의 시계에 간섭하기 시작한다. 일종의 극적 명암 효과처럼 '아무것도 없는 상황'과

'모든 것'이 서로 동일한 계열로 등치되면서 풍경의 명징함이 돌연 낯설고 비현실적인 성격을 지니게 되는 것이다. 그렇다면 위 시에 그려진 풍경이 범상치 않은 까닭을 시인이 보고 있는 사태가 단순히 '무의미'나 '부재의 명징함'이 아니라, '명징한 부재' 혹은 '무의미의 의미'라는 사실에서 찾을 수는 없을까. 이것이 그저 현학적인 말장난이 아닌 까닭은 위 시가 공허한 현실의 풍경으로 환원되지 않고 독자에게 어떤 기묘한 비현실적 느낌을 불러일으키는 원동력이 거기에 있다고 믿어볼 수 있어서다. 시인은 '공원에는 무엇인가가 있어야 한다'라고 구태여 말하지 않고도 저 풍경의 명징함을 내적으로 붕괴시킬 수 있는 현실의 균열("배후에서 갈라지는 길")과 부재의 흔적을 건사하고 급기야 우리가 '무의미의 의미'라고 부를 수 있을 어떤 이미지–풍경을 독자의 느낌에 낯섦의 형식으로 새긴다.

이 낯선 느낌은 그 자체로 『철과 오크』에서 시적인 사건이 발생하고 있다는 하나의 대표적 표징이자 이미지 앞에서 의식의 권리를 잠시나마 양도하려는 자아의 집중된 의지의 실천 속에서 확보되는 해방의 계기에 가깝다. 『철과 오크』에서 송승언은 절제된 언어와 더불어 마치 의미를 비워낸 듯한 투명한 이미지들로 사태를 직관하는 가운데, 돌연 낯설기 그지없는 현상학적 풍경을 제시함으로써 독자를 기이하고도 비현실적인 시적 공간으로 안내한다. 의미의 미니멀리즘이라고 명명될 수 있을 시인의 시계는 그러나, 왜곡 없는 사물의 즉자성만을 표현하고 있지는 않다. "어떤 사물에도 레테르를 붙이지 않기로"(「돌의 감정」) 결심한 송승언의 언어가 사물의 편을 들고 이미지에 대한 주체의 의미론적 장악력을 약화시키며 사물의 독립성을 고취시키고 있는 것은 분명하지만, 이미지들은 도리어 한없이 낯선 느낌을 매개로 주체를 사물에 연루시키는 중이기 때문이다. 시인이 바라보는 것 또한 내가 사물에 매여 있는 바로 그 관계이다. 그것은 일전에 오규원이 시 「용산에서」(『왕자가 아닌 한 아이에게』, 1978)에서 "詩에는 아무것도 없다. 詩에는/남아 있는 우리의 生밖에./남아 있는 우리의 生은 우리와 늘 만난다/조금도 근사하지 않게"라고 썼던 의도와 정확하게 공명하는데, 이 만남을 이미지가 도모하는 시적 체험으로 바꿔 읽어도 무방할 것이다. 이것은 시가 투명한 감각의 운용을 중시하면서 그 감각의 끝에 찾아드는 어떤 해체의 경지를 보다 구체적인 이미지의 형식으로 실행에 옮긴다는 말과 다르지 않다. 물론 의미로부터 해방된 이미지에는 아무것도 없다. 낯선 것은 이미지가 아니라, 텅 빈 이미지를 낯설게 바라보는 나의 눈이다.

깨어 있는 잠

드디어 꿈이 사라지려는 순간, 너는 창밖에서 잠든 나를
보고 있지
암초 위에서 심해를 굽어살피는 너의 낯빛에 놀라자 꿈
은 다시 선명해진다

들로 강으로 흩어지던 내가 되살아나고 있었다

내가 이곳을 설계했다 믿었는데 아니었던 거지
블라인드 틈으로 드는 빛이 어둠을 망친다 생각했는데
눈은 여전히 감겨 있고, 몸은 벽 너머에서 들려오는 너의 노
래에 묶여 있었다
입안에 고인 물이 다른 물질이 되려는 순간

눈 속으로 하해와 같은 빛이 밀려들었다
　　　　　　　　　　　　　　　　—「녹음된 천사」전문

시집의 관문인 위 시에는 시인이 누리고 있던 고독이
착각이었음을 뒤늦게 추인하는 뼈아픈 고백이 있으며 그
러한 각성의 순간을 환기하는 "빛"이 마치 시적 풍크툼처
럼 새겨져 있다. 온전히 자신에 의해 설계되었다고 믿었
던 이 세계에 나 아닌 존재가 오래전부터 잠입하고 있을

뿐만 아니라 타자의 간여로부터 벗어날 수 없다는 자각이 위 시가 도달해 있는 어떤 정신적 각성의 주된 내용을 이룬다. 하지만 각별하게 눈여겨봐야 할 대목은 각성의 내용이라기보다는 그것이 구체적인 시적 이행으로 펼쳐질 의식의 상태가 꿈이라는 사실("꿈은 다시 선명해진다")이다. "블라인드 틈으로 드는 빛이 어둠을 망친다 생각했는데 눈은 여전히 감겨 있고, 몸은 벽 너머에서 들려오는 너의 노래에 묶여 있었다." 시인은 여전히 꿈을 꾸고 있는데, 오히려 나는 꿈 바깥의 현실이 아닌, 꿈속에서 더욱 선명하게 나를 느끼고 급기야는 너에 이르는 길을 모색할 수 있다고 말하는 것 같다.

꿈이라는 소재는 초현실주의 운동 이래로 예술가들의 총애를 받는 각별한 의식의 상태를 가리키는 것으로 알려져 있으나 그렇다고 해서 꿈이라는 공간이 현실에 대한 손쉬운 피신처의 일환으로 단순하게 이해될 수 없음은 두말할 나위가 없다. 많은 시인들이 꿈속에서 시의 길을 모색하지만 그것은 꿈속에서 자기 자신에게 무한한 자유를 제공하겠다는 순진한 해방주의와 분명 거리를 둔다. 인용한 시에서 시인이 눈을 감은 상태에서도 눈 속으로 밀려들어오는 빛을 기꺼이 받아들이는 사연도 거기에 있을 것이다. 시인의 눈이 여전히 감겨 있는 것은 명백한 현실 앞에서 눈을 감고 있기 때문이 아니라 눈을 감은 상태에서 다른 현실을 보는 시선을 끝내 꿈 안에서 관철해낼 수 있다고 믿기 때문이다. 다시, 롤랑 바르트의 말이다. "궁극적으로 사진을 잘 보기 위해서는 다른 곳으로 시선을 돌리거나 눈을 감아야 한다. [……] 절대적 주체성은 오직 침묵의 상태, 침묵에 대한 노력으로 달성된다. 눈을 감는다는 것은 이미지가 침묵 속에서 말하게 함을 뜻한다."[4] 말하자면 송승언은 지금 잠 속에서 깨어 있는데, 이러한 깨어 있는 잠 속에서 주체의 기억에 잠재되어 있던, 그러나 스스로도 미처 알지 못했던 타인의 흔적들이 오감과 이성의 삼엄한 경계를 뚫고 되살아나는 징조("빛")를 관찰할 수 있다. 주로 1부에 포진되어 있는 시들에서 살펴볼 수 있듯 시인이 자주 '너'를 '나'의 대척점에 불러 세우는 것도 주체의 적극적인 의미화가 최소화된 어떤 의미의 진공 상태, 즉 침묵 속에서 이미지들이 말할 수 있게 하기 위해서이다.

나는 물을 좋아하고 너는 물을 좋아하지 않는다 우리는 갈증으로 대립한다

[……]

나는 출근하고 너는 출근하지 않는다 나는 말하고 너는

4) Roland Barthes, *Camera Lucida*, pp. 53~55.

말하지 않는다 나는 사랑하고 너는 사랑하지 않는다 너는 젖고 나는 젖지 않는다

이대로는 익사할 거라고 말한다

너는 듣지 않는다 창은 굳게 닫혀 있다 빛은 닫힌 창으로 들어온다 너는 물을 마시고 물을 준다 나는 물을 마시지 않고 물과 빛이 섞이는 양상을 바라본다

붉은 컵에 담은 물은 붉은 물이 되고 푸른 컵에 담은 물은 푸른 물이 된다 물고기들은 빛나는 물의 양상을 배운다

—「물의 감정」 부분

나의 방은 나를 가둘 만큼 넓지 못해서 너의 방을 떠돌았다 네가 원한다면 몸을 흔들며 커튼이 되고 테이블과 의자가 되고 네 손에 들린 피 묻은 나이프가 되는 일 그것이 문제되는가 내가 있기 전부터 여기 있던 사물들인데 네 손이 내게 닿으면 네 손이 되어 네 의자를 만지고 그 자리에 누가 앉을지 논하는 일

너는 테이블에서 나이프를 진전시킨다 나를 삼키고 네가 되려는, 내가 무슨 소리를 하고 있나 너는 발생하지도 않았는데

—「셰이프시프터」 부분

그릇된 방향으로 분무기를 들고 분재에 물을 뿌렸다
밀실을 밝히는 무지개
우리는 우리가 아는 만큼의 색만 발견하며

너는 밀실을 위해 정원을 지우고 나는 정원을 위해 벽을
쌓는다
물 뿌리자 몸 비트는 너

—「변검술사」 부분

시인은 나와 너 사이에서 발생하는 사태의 실상을 쉽
게 개념이나 감정으로 환원하지 않고 다만 그것들이 갈
증으로 대립하는 풍경 속에서 "물과 빛이 섞이는 양상을
바라본다"(「물의 감정」). 그는 감정의 파고에 스스로의 말
을 낭비하지 않고 짙은 고독에 제 정신을 맡기지 않는 대
신, 나와 너 사이에서 발생할 수밖에 없는 대립과 엇갈림
그리고 균열을 집요하게 주시함으로써 마침내 그 어긋
난 관계 한가운데서 파생될 수 있는 이미지들의 비현실
적 풍경을 고요하게 응시한다. 인용한 시들은 마치 주체
와 대상 사이에는 조화와 소통이 불가능하다는 일반론을
증명하듯 의미가 증발되어버린 창백한 공간을 보여주지
만, 한편으로는 그 안에서 어떤 적요한 사건들을 발생시
킨다는 점에서 어딘가 낯설고 초현실적인 느낌을 동반한
다. 타자에 가닿을 수 있다는 손쉬운 긍정과 의기투합하

지 않기 위해서라도 성급하게 너의 감정을 규정하지 않고, 너의 행위와 무관하다는 듯 무심하게 자신의 행위를 이어나가는 시인의 태도에는 모종의 윤리적 문제의식이 있다. 다만 의미의 교섭을 이루어내지 못하고 제각각 덩그러니 놓여 있는 너와 나 사이의 적막한 양상을 굳이 고집스럽게 관찰하는 시인 특유의 시선에서 어수룩한 낙관주의나 어설픈 패배주의가 개입할 여지도 없다는 말은 보태고 싶다. 가령, 다음 시를 보라.

아무것도 배우지 않는다 애초에 배운 게 없으니 어떤 사물에도 레테르를 붙이지 않기로 오늘 식단에 대해 침묵하기로 음식이 어떠했더라도 그건 좋은 일도 나쁜 일도 아니므로

옴짝달싹하지 않고 싶다 더는 네가 불러도 가지 않고 싶다 차갑더라도 여기 머물고 뜨겁더라도 여기 머물기로 한다 너에게 호명되지 않는 위치에서 너를 호명하지 않기로 한다 애초에 남이니까 남 아닌 것으로 위장하지 말기로

내 속에 무슨 금속성이 있는지 알기나 하는지 내 배에 귀를 대면 알 것이다 내 속은 단단한 진공으로 되어 있다 가장 날카로운 금속이 될 가능성은 그 진공 속에서 울고 있다 그러나 그것은 차라리 예감에 가까운 것이지, 나의 감정은 아

니다

　네가 너인 까닭은 식탁에서 나와 마주 보고 있기 때문이
다 만일 우리가 하나의 의자에 같이 앉는다면 우리는 내가
될 수도 있을 것이다
　그러나 너와 다른 것을 주문하기로 한다 목소리와 표정
에 감응하는 법 없기로 내가 어떤 것으로 불리는 법 없기로
없다고 한다면 없는 것으로

　다만 있다고 한다면 추락하기로, 벼랑에서 떨어져 부서
진 상태이기로, 더 부서질 수 없을 파편들로

　너와 내가 아닌 모든 자리로 말이 되어 번개가 되어 일용
할 만나가 되어
　　　　　　　　　　　　　　　　—「돌의 감정」 전문

　감정을 대신하는 것은 "차라리 예감에 가까운" 어떤
것이다. 기왕에 살펴본 송승언의 시적 문제의식을 위 시
에서 고스란히 확인할 수 있는데, 시의 마지막 대목에 이
르러 그가 너와 나의 "추락"을 권하고 급기야 "더 부서질
수 없을 파편들로" 파괴되기를 바라는 사정 역시 의미의
미니멀리즘을 추구함으로써 역으로 새로운 의미의 원천
이 될 수 있는 언어적 가능성을 발견하기 위해서라고 할

수 있을 것 같다. 너와 나의 충돌 가운데 의미가 모래알처럼 부서질 때 말은 감정의 헐거운 교류를 위해 사용되는 도구를 넘어, 마치 만물에 질량을 부여하는 근본 입자와 같이 사물이 차지하고 있는 모든 자리를 대신할 가능성을 얻는다. "단단한 진공"이 "가장 날카로운 금속"으로 변하는 기적이야말로 의미의 전체적인 쇄신 속에서 나의 전면적 변화를 함께 도모하는 가운데, 타자와의 새로운 만남을 "번개"처럼 예감하겠다는 말이 아니겠는가. 새로운 현실로의 활로가 뚫리는 순간도 바로 그때다. 이 시집에서는 다소 이례적으로 서사성이 강한 시이지만, 송승언이 새로운 현실로 접근하는 낯설지만 구체적인 경로와 정경을 보여준다는 점에서 다음 시는 여러모로 세심하게 읽어둘 만한 가치가 있다.

그의 어린 아들이 아팠다 몸이 펄펄 끓고 있었다

한여름에 독감이라니, 그는 창밖을 보며 생각했다 그런데 문 열자 겨울이었고, 폭설이었다 그는 외투를 껴입고 집을 나섰다 낯익은 풍경 같은 눈길에 미끄러지며
약국으로 갔다 알던 약국은 사라지고 없었다 게다가 지금은 한여름이라 외투가 불편했다 그는 외투를 벗고 다른 약국을 찾아갔다 그런데 다른 약국도 사라지고 없었다
그는 지쳐 집에 가고 싶었지만 아픈 아들 생각이 났다 그

는 또 다른 약국을 찾아 나섰다 낯익은 풍경 같은

폭설이었다 그는 미끄러졌다 그의 온몸이 펄펄 끓고 있었다 눈이 그를 뒤덮었다 이러다 내가 죽겠구나, 약국 근처도 못 가보고 아들에게 약도 못 주고 나는 죽는다, 생각하며 잠에 빠져들고 있었다 잠결에 빛나는 약국 간판을 보았지만 잠에서 헤어날 수 없었다

아버지 괜찮으세요? 아들이 건강해져서 그를 데리러 왔다 잠 속에서 그를 건져내는 아들의 손을 잡으며, 우리 이제 집으로 가요 집으로 갑시다 아들은 외투를 벗어 그에게 입히고, 그를 업고 갔다 우리는 이제 간다 집으로 간다…… 아들의 등에서 그가 중얼거렸다

—「눈 속의 잠」전문

한여름에 독감에 걸린 아들을 위해 약을 사러 집을 나서려는 아버지를 담담하게 관조하는 것으로 시는 시작된다. 그런데, 곧 이상한 일이 발생한다. 아버지는 분명 한여름이라고 생각했는데, 문을 열고 보니 그의 생각과 달리 계절은 겨울이었고 그것을 증명하듯 폭설이 내리고 있다. 이러한 비현실적인 상황 앞에서 아버지는 당면한 사태에 대한 의심을 제기하는 듯하다가 외투를 챙겨 입고 약국을 찾아 집을 나선다. 당연한 일이다. 지금 아버지에게 중요한 문제는 자신이 바라보고 있는 장면이 진실

인지 아닌지, 혹은 지금 자신이 꿈을 꾸고 있는 것은 아닌지를 따지는 것이 아니라, 어찌 되었건 간에 아픈 아들부터 살려내는 일일 테니까. 그렇다고 해서 그가 자신이 처한 상황을 무력하게 받아들이고 있는 것처럼 보이지도 않는다. "게다가 지금은 한여름이라 외투가 불편했다"라는 말에서 드러나듯, 아버지는 자신이 여름 한가운데에 있다는 믿음을 포기하지 않기 때문이다. 약국을 찾는 데 결국 실패한 아버지는 눈길에 미끄러져 쓰러지고 오히려 자기 자신의 "온몸이 펄펄 끓"는 상황에 처한다. "이러다 내가 죽겠구나, 약국 근처도 못 가보고 아들에게 약도 못 주고 나는 죽는다"라는 한탄과 함께 눈길에 쓰러져 의식을 잃어가고 있다. 그리고.

그의 아들이 나타난다. 그런데 아버지의 눈앞에 나타난 아들은 그가 알고 있던 아픈 아들이 아니다. "아들이 건강해져서 그를 데리러" 와버린 것이다. 물론 이 시구에 이르면 우리는 이 시가 그리고 있는 아버지가 어떤 상태에 놓여 있는지 충분히 짐작할 수 있다. 어쩌면 병든 것은 아들이 아니라 아버지 자신이었는지도 모른다. 그렇다면, 제정신이 아닌 채 사라져버린 아버지를 아들이 찾아 나섰고 마침내 눈 속에서 쓰러져 잠을 자고 있는 위태로운 아버지를 발견했던 것이리라. 첫 연에서 "몸이 펄펄 끓고 있었"던 대상이 애초부터 아들이 아니라 아버지 자신이었다는 것이 사태의 전말에 가깝다고 할 수 있을 것이다. 아버지는 나이 든 사람이 자주 그렇듯이 몸과 마음이 아팠는데, 이미 세계와 내가 분리되어 있다고 냉정하게 판단할 수 없는 처지에 놓여 있는 사람이었으므로 나의 몸살을 세계의 몸살, 그러니까 아버지에게는 세계의 전부나 다를 바 없는 아들의 독감이라고 간주했을지도 모른다.

과연 그것이 전부일까. 그렇지 않은 것 같다. 아버지의 병세를 확인하는 것만으로는 위 시의 묘한 긴장감을 설명하기란 충분하지 않기 때문이다. 우리는 정황상 마지막 연에 이르러 아버지가 치매에 걸렸다는 사실을 추측할 수 있지만, 이러한 추측과 무관하다는 듯 고집스럽게 관철되고 있는 어떤 관점 역시 부인할 수 없기 때문이다. 어떻게 그럴까.

이를 확인하기 위해 우리는 앞서 강조했듯 송승언의 시에서 가장 두드러지게 나타나는 특징이 사태를 담담하게 개관하는 시적 주체의 시선이라는 것을 다시 염두에 두어야 한다. 마치 소설처럼 시에도 시점이라는 것을 상정할 수 있다면, (이 시에는 소위 1인칭 화자의 독백이 없으므로) 그것은 분명 3인칭 시점에 가까워 보일 수 있다. 그러나 그것이 전부는 아니다. 왜냐하면 위 시에서는 직접적으로 '나'라고 지칭되는 존재는 없지만, 아버지 '그'를 초점화하는 시선이 분명 존재하기 때문이다. 주네트가 지적한 것처럼 '시점'과 '초점'은 항상 일치하는 것은 아닌데, 이는 '누가 이야기하는가'와 '누가 보고 있는가' 사이에 근본적으로 균열이 존재할 수 있음을 시사한다. 위 시에서 사태를 개관하고 있는 존재는 3인칭적인 거리를 취하고 있는 어떤 전지적인 존재일 수 있지만, 그러한 사태는 오직 '아버지'의 눈을 통해서만 현상될 수 있다. 문제는 의사처럼 아버지의 병환에 대한 객관적(현실적) 진단을 내리는 것이 아니라, 아버지의 시선을 관철함으로써 시가 끝내 당도하고 있는 지점이 어딘지를 확인하는 일이다.

마지막 연의 "우리 이제 집으로 가요 집으로 갑시다"라는 문장은 그런 의미에서 결정적으로 보인다. 이 발화는 누구의 것일까. "잠 속에서 그를 건져내는 아들의 손을 잡으며"라는 구절과의 연결성을 따진다면, 이것은 우선 아버지의 발화처럼 들릴 여지가 있다. 그렇다면 느닷없이 아들에게 존대를 하고 있다는 점에서 이 문장은 지금 아버지가 아들을 알아보지 못하고 있음을 뜻하게 되는데, 이는 아버지 자신이 치매에 걸렸다는 사실을 아버지의 시선으로 인정하는 식의 해석으로 연결된다. 그런데 이러한 결론은 어딘가 허전하다. 왜냐하면 바로 앞의 "아들이 건강해져서 그를 데리러 왔다"라는 표현은 아들이 독감에 걸렸었다는 아버지의 믿음을 그대로 인정하고 있다는 점에서 3인칭 객관적 화자의 것이 아니라, 아버지를 초점화함으로써 그의 시선을 그대로 옮겨온 자만이 구사할 수 있는 발화에 가깝기 때문이다. 아버지는 아들을 못 알아보고 있는 것이 아니다. 반대로 이 말을 아들의 것으로 읽게 된다면, 이 문장은 그 자체로 아버지의 현실과 아들의 현실이 서로 충돌하는 지점이 되어버린다. "집으로 갑시다"라는 청유형의 문장은 어른으로 성장한 아들이 아버지에게 구사할 수 있는 어조이다. 그렇다면 이 또한 아버지에게는 분명 이상한 일이다. 아버지는 그 이상함에 대한 의문을 제기하지 않는다. 왜? 아픈 아들이 있는 아버지에게 지금 계절이 여름인지 겨울인지가 중요하지 않은 것처럼, 어른이 되어버린 아들의 낯선 모습보다 아들이 건강해져서 나타났다는 사실이 더 중요할 테니까. 그는 자신의 시선과 현실의 시선이 서로 양립할 수 없는 지점에 도달했을 때, 그 자신의 시선을 포기하지 않으면서도 아들의 건강이라는 소망과 믿음까지도 받아들인다. 이 시가 끝에 이르는 순간까지 어떤 몽환적인 힘과 매력을 잃지 않을 수 있는 이유가 거기에 있다.

내친김에 덧붙이면, 이것은 시의 시선과 현실의 시선 사이의 근본적인 차이를 환기하고 있다고 말할 수 있을 것 같다. 현실의 문법에 주목하는 독자라면 위 시의 이미지들이 만들어낸 풍경은 '치매에 걸린 아버지'가 만들어낸 환영에 불과하며, "잠 속에서" 건져진 아버지가 마침내 돌아가게 될 '집'은 결국 병에 걸려 사리를 분별하지 못하는 아버지의 남루하고도 앙상한 현실에 지나지 않게 된다. 이 말은 아버지의 저 마지막 여정이 불모한 현실로의 '귀환'에 지나지 않다는 뜻이다. 그러나 시가 바라보고 있는 저 이상한 이미지들을 외면하지 않는 독자라면 아버지의 시선에 조금 더 주의를 기울이게 되고, 마침내 '건강해진' 아들의 변화를 승인하지 않을 수 없다. 시의 시선은 아버지가 주시한 이상한 현실 속에서도 힘이 있으며, 그것이 세상에 어떤 변화를 이끌어낼 수 있다는 일말의 믿음을 포기하지 않는다. 그렇게 될 때 아버지와 아들이 가는 '집'은 더 이상 현실과 똑같은 '집'이 아니게 되며, 차라리 잠 속의 집, 꿈으로서의 집에 가깝게 된다. 그것은 이 시의 제목 '눈 속의 잠'이 환기하는 바처럼, 마침내 시가 관철해낸 시선(眼) 속에서 시의 소망이 충족된 어떤 꿈결 같은 이상이다. 하지만 그 꿈에 영원히 머물러 있을 수는 없을 것이다. 결국 아픈 아버지가 아픈 아들을 위해 또다시 약국을 찾아 헤매러 집을 나서는 일을 마다하지 않으리라는 것을 우리가 예견할 수 있듯, 시 역시 아픈 현실을 위해 자신이 보고 들은 바를 믿으며 잠의 세계로 떠나려는 의지와 그 시선을 관철시킬 것임을 예감할 수 있기 때문이다.

무의미의 역사

지금까지 우리는 송승언의 시에서 이미지가 구성되는

계기와 그것들이 촉발한 비현실성의 공시적 측면에 주목하여 그의 시를 사진과 비교했지만, 그의 또 다른 계열의 시들은(주로 2부와 3부에 포진되어 있는 시들) 이미지의 현실적 비현실성에 내러티브적 통시성을 부여하여 시집 전체에 걸쳐 마치 종결부가 없는 무궁의 음악을 연상하게 만들기도 한다. "몸을 잃어가며 장작이 빛난다 언젠가부터 시작된 거실의 음악은 언제까지 계속되는지 이곳에는 질문도 없고 답도 없다"(「많은 손들을 잡고」)라는 구절처럼 『철과 오크』에서는 음악에 대한 자의식적 언급을 종종 발견할 수 있는데 '숲' '새' '나무' '불' 등의 이미지들은 시집의 테마와 리듬을 주조하는 일종의 라이트모티프이자 시인의 실존적 태도의 구체적인 개진을 가능케하는 음악적 장치들이라고 할 수 있다.

악사들은 수백 년째 쉬지도 않고 밴조와 피들 따위를 연주 중이다 밤이 계속되니까 이제 우리는 연주의 슬픔도 지겨움도 다 잊고 이 음악에 고립되어 있다

—「많은 손들을 잡고」 부분

죽은 새에게 온기가 있어 양손은 따뜻하고 양손이 차가울 때까지 죽은 새로 저글링을 하는 일

성당에 들지 않고 성당을 뜨지 않는 일 성당 주변을 빙빙

돈다 냉담자들만이 음악을 하지

　나는 음악을 했지 음악을 한다는 말은 이상한 말 나는 음악을 했다 죽은 새로 했다 열심히 했다

　죽은 새가 살아나고 반짝이는 날개를 꿈틀거리면 짓눌러 죽은 새로 만드는 일
　냉담자들만이 음악을 하지 열심히 하지
　　　　　　　　　　　　　　──「새와 드릴과 마리사」 부분

　밤은 끝날 기미가 보이지 않고, 악사들은 시간 자체를 잊었다는 듯 모든 감정을 비워낸 채 음악을 연주하는 중이다. 인용한 두 시에서는 음악이 끝없이 반복될 수밖에 없고 또 송승언의 시 스스로가 그러한 음악의 운명과 공조할 수밖에 없는 이유가 자의식적으로 서술되고 있다. 초월적 의미의 상징체라고 할 수 있는 성당 주위를 배회하는 시인은 기본적으로 신성의 배교자이지만, 다른 한편으로는 신성을 완벽히 부정하지도 못하는 어정쩡한 냉담자의 태도를 고수하고 있다. 신성의 부재가 진리의 토대에 대한 부정이며, 더 나아가 의미와 상징 자체에 대한 부인이라는 점을 감안한다면 우리는 시인이 세계를 상징과 의미의 폐허로 보면서, 다른 한편으로는 초월적 의미와 섭리에 대한 갈망과 동경 또한 완전히 제 안에서 걷어내지 못하고 있다는 인상을 얻을 수 있다. 시인의 '음악'

은 무의미한 현실을 살아가게 만드는 실존적 형식으로서
의 권태와 다를 바가 없다. 그러나 권태를 일시적인 감정
으로 단순화하지 않고 계속 지속될 명분을 제공하는 힘
또한 권태의 저 도저한 깊이이다. "죽은 새"에 남아 있는
일말의 의미의 온기마저 없애기 위해 저글링을 하듯 음
악을 무한히 반복하고는 있으나, 그것조차 완전히 불가
능하다는 것을 모르지 않기에 음악을 쉽게 끝내지 못한
다는 것. 그러므로 시인이 거듭하는 음악의 반복에는 어
떤 실패에 대한 근본적 자각, 다시 말해 상징으로부터 의
미를 완전히 비우는 일의 불가능함에 대한 예민한 자의
식이 있다. 아니, 시의 실패를 거듭 증명하는 것이 그 다
음의 실패이며, 실패와 실패를 매개하는 의식이야말로
송승언 음악의 기본 조성(調性)이라고 말해야 한다. 이러
한 자의식은 시 자체에 대한 자기 지시성과 상호텍스트
성을 강조하는 가운데 시가 마침내 목도하는 실패들을
연계시킴으로써 우리가 역사라고 부를 수 있을 만한 어
떤 의식에 도달할 수 있게 만든다. 실패의 무의미를 덧없
이 소실되지 않도록 그것들에 체험적 깊이를 부여하는
시적 자의식이 음악으로 체현되고 있다고 말할 수 있는
여지도 거기에 있다.

　　숲의 나무보다 많은 새들이 있고 부리에 침묵을 물고 있고
　　그보다 많은 잎들이 새를 가리고 있고

수십 명의 아이들이 지거나 이기지 않고 같은 색의 옷을
입고 숲을 통과하고 있고
　끝도 모른 채 발자국을 남기고 있다

　수십 명의 나무꾼들은 수백 번의 도끼질을 할 수 있고
수천 그루 나무를 수만 더미 장작으로 만들 수 있고
　빛은 영원하다는 듯이 장작을 태울 수 있고
　장작은 열 개비가 적당하고 그 불이면 영원도 밝힐 수
있고

　아이들이 영원을 지나가고 있고 별들이 치찰음을 내고
있고
　밤과 낮은 서로에게 이기지도 지지도 못하고 있고

　불 앞에서 나무꾼들은 수십 개의 그림자를 벗으며 농담
을 하고 있고
　인간의 맛에 대해 이야기하고 있다

불그림자가 불의 주변을 배회하며 불그림자를 만들고
있고
　새들은 여전히 침묵을 부리에 물고 있고

나무 위에서 열쇠들이 쏟아지고 있다

나부라진 옷가지들이 발자국을 가리고 있고

나무꾼들은 햇불을 나눠 들고 더 어두운 곳으로 움직이
고 있고

잎이 풍경을 가리며 무성해지고 있고

—「철과 오크」 전문

이미지들은 겹쳐지면서 위 풍경에 시퀀스를 부여하
고 문장들은 스스로를 밀어내는 방식으로 풍경 자체의
확장과 응축을 동시에 도모하고 있다. 연쇄적인 이미지
들의 파동은 세련되고도 유려한 리듬을 창출하는 중이
며 그 리듬이 서로 공명하며 의미를 지속적으로 상쇄시
키는 중이다. 숲 속의 존재들이 벌이고 있는 변화와 생
성의 혼돈은 모호하고 한편으로는 신비로운 분위기까
지 감돌게 한다. 이 과정에서 죽음과 침묵의 뉘앙스가
묻어나는 것은 자연스럽다. 비록 위 시에 신비감을 부여
하는 중심적 이미지가 새의 침묵이라는 영원의 상징적
표상이지만, 그러한 영원성에 대비하여 이 시 자체에 특
별한 음조를 부여하는 사물들은 나무보다 더 많은 잎들
이고, 빛을 내기 위해 몸을 잃어가는 장작이며, 빛 주변
을 배회하지만 언젠가는 사그라질 불그림자의 너울이
기 때문이다. 죽음과 침묵의 무의미를 극복하게 만드는
것 역시 저 무성한 필멸의 이미지들이다. 영원성은 상징

으로 드높여질 수 있는 의미의 섬광이 아니라, 끊임없이 쪼개지고, 나눠지고, 부서지고, 추락하면서 이미지들이 환유적으로 실천하는 파생과 변주의 리듬이기 때문이다. 영원한 것은 현실 너머에 있는 초월의 세계가 아니라, 세속의 저 지리멸렬한 반복이다. 지상으로 떨어진 열쇠들이 천국의 문을 여는 데 전연 무용한 상징이더라도, 유형지와 같은 세속의 삶을 끝없이 연결하는 어떤 역사의 문을 환기하는 알레고리적 이미지로 읽힐 수 있는 것도 그 때문이다.

인용한 시를 포함하여 송승언의 시에서 음악적 계기를 발견하려고 하는 것은 그가 구사하는 말의 기운이 불러일으키는 독특한 리듬감 때문이기도 하지만, 음악이야말로 의미론적 규정의 협조 없이도 시의 자기 지시성이 구체적으로 실천될 수 있는 형식이자 역사와 반향하는 시간적 체험이기 때문이다. 이에 대해서는 장-뤽 낭시의 다음과 같은 지적이 상당히 흥미로운 영감을 제공한다. "음악을 듣는다는 행위는 오로지 음악이 음악 스스로를 듣는 순간에만 음악적일 수 있다. 음악은 스스로 공명하는 현상처럼 그 자신으로 회귀하며, 그 자신에 대하여 스스로 회상하며, 그 자신을 느낀다. [……] 음악의 공명은 "자기 자신"이나 타자, 혹은 정체성, 또는 차이를 가리키는 것이 아니라 타자화와 변주 그 자체를 일컬으며, 현재라는 시간의 변화를 의미한다. 이때의 변화된 현재는, 그 자신의 영원성에 대한 기대 속에서 나타나는 것이며, 항상 순간적이고 또 언제나 지연되는 것이기에 그 어떤 시간에도 속하지 않는다. 음악은 시간 바깥의 것을 매순간의 시간으로 되돌리는 예술이자, 시작이 그 자신이 시작되는 순간을 듣고 또 매번 다시 시작하는 모든 순간으로 되돌리는 예술이다."[5]

궁극적으로 시가 지니고 있는 자기 지시성의 운명 역시 이와 크게 다르지 않을 것이다. 한 편의 좋은 시는, 시 안에서 제 자신의 개별적 숙명을 아주 구체적인 이미지들의 활동을 통해 미리 고지하고 또 앞으로 나아갈 길을 예언하고 있다는 점에서 메타시의 특징을 어느 정도 공유하고 있으나, 저 자신에 대한 앎에 안일하게 정박하지 않는다는 점에서 자폐적인 자기 지식의 한계를 넘는다. 한국 현대시의 역사에서 이에 대한 최초의 통찰을 우리는 김수영에게서 발견할 수 있다. 가령 "'막상 시를 논하게 되는 때에도' 시인은 '시를 쓰듯이 논해야 할 것'"(「시여, 침을 뱉어라」)이라는 김수영의 말은 자주 인용되는 것이지만, 그 발언의 요지가 화려한 시적 수사를 동원하여 모호하게 글의 논점을 흐리는 방식으로 시를 논해야 한다는 의미는 아닐 것이다. 같은 자리에서

---

5) Jean-Luc Nancy, *Listening*, Fordham University Press, 2007, p. 67.

그는 이렇게 쓰기도 했다. "시를 쓴다는 것이 무엇인지를 알면 다음 시를 못 쓰게 된다. 다음 시를 쓰기 위해서는 여태까지의 시에 대한 사변(思辨)을 모조리 파산(破算)을 시켜야 한다"(같은 글). 이 말 또한 시를 쓸 때 마치 시인이 시를 모르는 척해야 한다는 뜻은 아닐 것이다. 두 발언은 동시에 읽어야 비로소 문제의식의 지향점이 조금은 더 뚜렷해진다. 김수영은 시에 대해 말하는 것과 시를 쓰는 것이 본질적으로 다르지 않아야 하고, 시를 증명하는 것은 오직 미래의 시 쓰기이며 미래의 시를 증명하는 것 또한 현재의 시 쓰기라고 주장하려는 게 아닐까. 현재의 시가 미래의 시를 통해 자신의 존재를 증명하고 미래의 시가 현재의 시를 통해 그 가치와 의의를 획득하는 재귀적 과정은 그러므로 계기적이 아니라 동시적으로 발생한다. 사변의 파산 역시 작위적으로 사후에 이루어지지 않고 그 동시성 속에서 달성될 수 있다. 그것은 시 쓰기의 주체가 앎을 청산하고 자기 자신도 모르는 결여와 접촉하는 상태에 의식을 집중하면서도, 그 집중된 의식마저도 제 자신의 의식에 결박시키지 않아야 한다는 말과 다르지 않다. 한 걸음 더 나아가 과거, 현재, 그리고 미래의 시 쓰기가 그러한 동시성 속에서 상호증명이 된다는 것은 이 집중이 향후에도 지속되어야 한다는 말과 다르지 않다. 자기 공명의 시간 가운데 그 모든 자기 변화와 쇄신의 기미를 도모할 수 있도록 새로운 시작을 끝없이 일신한다는 점에서 시 쓰기는 그 자체로 역사적인 체험을 응축하고 있다. 다시 말해 시는 구태여 역사를 은유하거나 정의 내리지 않지만, 자기 자신과의 대면 속에서 스스로가 개시한 빈 결여를 성찰하고, 그것을 또 다른 결여로 대체해가는 방식으로 역사의 계기를 환유적으로 실천한다. 시는 머리도 심장도 아닌 '온몸'으로, 다른 것도 아닌 제 자신의 '온몸'을 밀고 나가야 하며, 그 과정에서 역사를 의식하지 않고서도 역사에 기여한다는 말의 진정한 의미가 바로 거기에 있다. 우리가 마지막으로 읽을 다음 시는 송승언의 자기지시적인 특성이 어떻게 새로운 개방과 만남을 가능케 하는지를 아름답게 보여주고 있다.

　　언젠가 우리는 극장에서 만날 수도 있겠지. 너는 나를 모르고 나는 너를 모르는 채. 각자의 손에 각자의 팝콘과 콜라를 들고. 이제 어두운 실내로 들어갈 것이다. 여기가 어디인지 모르는 채. 의자를 찾아서 두리번거리지. 각자의 연인에게 보호받으며. 동공을 크게 열고, 숨을 잠깐 멈추고. 우리는 함께 영화를 볼 것이다. 우리가 함께 본 적이 있는. 어둠 속에서 사건들은 빛나고. 얼굴의 그늘을 밝히고. 우리가 잊힌 시간들을 생각하면서. 팝콘 한 움큼 쥐려다 서로의 팝콘 통을 잘못 뒤적거리고. 손이 엇갈릴 수도 있겠지 영화가 뭘 말하고자 했는지 모르는 채. 깊이 없는 어둠으로부터. 너와 나는 혼자 나올 것이다. 두리번거리며, 눈 깜빡이며. 그때 너와 나는 텅 빈 극장의 내부를 보게 된다. 한 손에 빈 콜라 병을 들고서

　　　　　　　　　——「우리가 극장에서 만난다면」 전문

　각자의 경험과 우연의 계기만 있을 뿐 본격적인 만남이 없기 때문에 현실의 시선에서 보자면 위 시에서 이루어진 것은 아무것도 없다. 하지만 "극장"을 "시"로 대체해서 읽게 된다면 우리는 언어를 매개로 한 타자와의 만남이라는 사건이 어떻게 시적 체험의 형식과 비견될 수 있는지에 관한 하나의 통찰력 넘치는 매력적인 시를 얻을 수 있을 것이다.

　우리는 흔히 만남과 소통을 성공적으로 수행하기 위해서는 구체적인 의미와 맥락의 교환이 이루어져야 한다는 사실을 의심하지 않는다. 적지 않은 오해가 있지만, 시 역시 의미의 교환에 둔감한 법은 없다. 그러나 그러한 경우에라도 시가 자신이 담아내고 있는 내용의 거래에 만족하는 법 또한 없다. 그것은 시에서 내용보다 형식이 더 우선한다는 해묵은 이분법을 다시 재연하자는 뜻이 아니라, 시와의 만남이 본격적으로 이루어지는 절정의 순간은 시가 자신이 거느리고 있는 내용까지도 스스로 망각하는 어떤 응축적 체험에 가깝다는 뜻이다. 위 시에 빗대어 말하자면 진정한 만남은 각자 자신이 본

영화의 알 수 없는 내용을 억지로 재구성하고 그에 대해 토론하는 과정에서 이뤄지지 않는다. 허술한 정보와 어수룩한 느낌 정도야 주고받을 수 있겠으나, 영화를 보는 동안 체험했을 순간적 느낌은 그 어설픈 대화 과정에서 연기처럼 기화될 뿐이다. 그러므로 보다 진실한 대화는 스스로도 규정할 수 없는 낯선 여운에 대한 개방과 더불어 자신들이 방금 떠나온 극장의 텅 빈 내부를 각각 돌아보는 바로 그 순간에 가능한지도 모르겠다.

물론 내용을 잃는다고 해서 모든 것이 휘발되지는 않는다. 왜냐하면 의미의 증발에도 끝내 결정처럼 남는 이미지가 알 수 없는 시적 체험의 진실을 증언하고, 한 걸음 더 나아가 시의 형식이 그 체험에 도달하게 된 내력을 사후적으로 짚어주는 안내도가 되기 때문이다. 시적 체험을 통과하고 다시 자신의 체험을 되돌아보는 독자에게 시의 이미지와 형식은 시의 체험 속에서 주체가 잠시 자기 자신을 떠난 그 찰나의 시간을 되짚어볼 수 있게 돕는 일종의 역사적 형식으로 거듭난다. 정작 시인 자신은 "깊이 없는 어둠"이라고 표현했으나 위 시에서의 만남에 깊이를 부여하는 것 역시 "텅 빈 극장의 내부"를 돌아보는 주체의 회고적 시선이며, "빈 콜라병"과 같이 의미와의 특별한 대응 없이도 이상한 아름다움으로 빛나는 텅 빈 이미지들이다. 어떤 시를 읽고 뭘 말하고자 했는지 알 수 없지만 형언할 수 없는 감동을 느

끼는 경우가 종종 있는데, 이러한 소회가 전혀 과장이
아닐 수 있다는 것을 송승언의 『철과 오크』는 우리의 느
낌의 역사 속에서 생생하게 증언하는 중이다. ▨